KB038839

너무 빛나서 지속될 수 없는 꿈

일러두기

- 이 책은 에드거 앨런 포가 쓴 시 중 28편을 골라 번역하고 엮은 것이다.

- 이 책에 실린 주석은 모두 옮긴이 주이다.

- 모든 행의 첫머리는 들여 쓰기를 하였다.

- 문장부호의 경우, 한국과 쓰임이 다른 부호가 있음을 고려하여 번역문에서는 한국식으로 썼다. 가령 대시(—)는 한국에서는 잘 쓰지 않는 문장부호임을 고려하여 번역문에는 문맥상 꼭 필요한 부분에만 넣었다. 감정을 나타내는 쉼표와 느낌표 등은 한국어 문장의 맥락과 호흡을 고려하여 생략하거나 추가했다.

- 한 편의 시가 여러 쪽으로 나뉘는 경우, 연 단위로 구분하고 시의 마지막 행에 '▸'를 표기하여 다음 쪽에 이어짐을 표시했다. 하나의 연이 길어서 여러 쪽으로 나뉘는 경우에는 '▸▸'를 표기하여 해당 연이 계속 이어짐을 표시했다.

- 작가의 저작을 표기할 때에는 시집과 장편·단편 작품을 구분하여 표기하였다. 시집은 겹꺾쇠(『 』)를 표기하고 원제를 이탤릭체로, 장편 작품은 큰따옴표로 표기하고 원제를 이탤릭체로, 단편 작품은 홑꺾쇠(「 」)를 표기하고 원제를 정자로 썼다. 문학잡지, 계간지 등은 '≪ ≫'로 표기하고, 원제를 이탤릭체로 썼다. 문학 작품 외에 공연 등 극 작품은 '〈 〉'로 표기했다.

한울 세계시인선 06

너무 빛나서 지속될 수 없는 꿈

에드거 앨런 포 시선집

에드거 앨런 포 지음

조애리 옮김

차례

4

Contents

나는 밤새 파도치는 바닷가 내 사랑 곁에 나란히 누워 있네

내 사랑 — 내 생명 신부 곁에 —

Annabel Lee

It was many and many a year ago,
  In a kingdom by the sea,
That a maiden there lived whom you may know
  By the name of Annabel Lee;
And this maiden she lived with no other thought
  Than to love and be loved by me.

I was a child and she was a child,
  In this kingdom by the sea,
But we loved with a love that was more than love —
  I and my Annabel Lee —
With a love that the winged seraphs of heaven
  Coveted her and me.

And this was the reason that, long ago,
  In this kingdom by the sea,
A wind blew out of a cloud, chilling
  My beautiful Annabel Lee;
So that her highborn kinsmen came ▸▸

애너벨 리

아주, 아주 오래전
바닷가 왕국에
당신이 알 수도 있는
애너벨 리라는 소녀가 살았네.
이 소녀는 나를 사랑하는 것과
나의 사랑을 받는 것만 생각했네.

이 바닷가 왕국에서
그녀는 아이였고 나도 아이였네.
하지만 나와 나의 애너벨 리는 ―
사랑보다 더 깊은 사랑을 했네 ―
우리의 사랑이 너무 깊어
천국의 천사마저 그녀와 나를 질투했네.

오래전 바닷가 왕국에
구름에서 바람이 휘몰아쳐 와
애너벨 리의 몸이 싸늘해진 건
바로 이런 이유였네.
그러자 그녀의 귀족 친척이 ▸▸

And bore her away from me,

To shut her up in a sepulchre

  In this kingdom by the sea.

The angels, not half so happy in heaven,

  Went envying her and me;

Yes! that was the reason (as all men know,

  In this kingdom by the sea)

That the wind came out of the cloud by night,

  Chilling and killing my Annabel Lee.

But our love it was stronger by far than the love

  Of those who were older than we,

  Of many far wiser than we;

And neither the angels in heaven above,

  Nor the demons down under the sea,

Can ever dissever my soul from the soul

  Of the beautiful Annabel Lee: ‣

그녀를 내게서 빼앗아 가서
이 바닷가 왕국
바위 무덤 속에 가두어 버렸네.

천국에서 우리의 반만큼도 행복하지 못한 천사들이
그녀와 나를 시기했네 —
맞아! — 바로 이런 이유로
(이 바닷가 왕국 사람들 모두 알듯이)
한밤 구름에서 바람이 휘몰아쳐 와
애너벨 리의 몸이 싸늘해져 죽었네.

하지만 우리 사랑은 훨씬 강했네.
더 나이 든 사람들의 사랑보다 —
훨씬 더 현명한 사람들의 사랑보다 —
천국의 천사들도
바다 아래 악마들도
결코 내 영혼과 아름다운 애너벨 리의 영혼을
갈라놓을 수 없었네. ›

For the moon never beams, without bringing me dreams

Of the beautiful Annabel Lee;

And the stars never rise, but I feel the bright eyes

Of the beautiful Annabel Lee;

And so, all the night-tide, I lie down by the side

Of my darling — my darling — my life and my bride,

In her sepulchre there by the sea —

In her tomb by the sounding sea.

달빛이 비치는 밤마다

나는 아름다운 애너벨 리의 꿈을 꾸고

별이 뜰 때마다

아름다운 애너벨 리의 빛나는 눈을 느끼네.

나는 밤새 파도치는 바닷가 내 사랑 곁에 나란히 누워 있네.

내 사랑 ― 내 생명 신부 곁에 ―

여기 바닷가 그녀 무덤 안에 ―

파도 소리 울려 퍼지는 그녀의 무덤 안에.

The Raven

Once upon a midnight dreary, while I pondered, weak and weary,

Over many a quaint and curious volume of, forgotten lore —

While I nodded, nearly napping, suddenly there came a tapping,

As of some one gently rapping, rapping at my chamber door —

"'Tis some visitor," I muttered, "tapping at my chamber door:

Only this and nothing more."

Ah, distinctly I remember it was in the bleak December;

And each separate dying ember wrought its ghost upon the floor.

Eagerly I wished the morrow; — vainly I had sought to borrow

From my books surcease of sorrow — sorrow for the lost Lenore — ▸▸

까마귀

어느 쓸쓸한 밤, 몸도 아프고 피곤해,
지금은 잊힌 기묘한 옛날 민담을 읽고 있었다—
거의 꾸벅꾸벅 졸고 있는데 갑자기 똑똑 소리가 났다.
누군가 살살, 살살 방문을 두드리는 것 같았다.
"방문을 두드리는 소리가 나니, 손님이 온 것 같군" 나는 중얼
거렸다.
　　"단지 그뿐이고 더 이상 아무 일도 없었다."

아, 똑똑히 기억나는데 황량한 12월이었다.
사그라드는 장작 한 개비 한 개비가 마루 위로 그림자를 드리
웠다.
아침이 오길 간절히 바라면서 —책을 읽으며
슬픔 — 천사들이 르노어라고 부르는 빛나는 고귀한 소녀, ▸▸

For the rare and radiant maiden whom the angels name
Lenore —
      Nameless *here* forevermore.

And the silken sad uncertain rustling of each purple curtain
      Thrilled me — filled me with fantastic terrors never felt
before;
      So that now, to still the beating of my heart, I stood
repeating
      "'T is some visitor entreating entrance at my chamber door —
      Some late visitor entreating entrance at my chamber door; —
            This it is and nothing more."

Presently my soul grew stronger; hesitating then no longer,
      "Sir," said I, "or Madam, truly your forgiveness I implore;
      But the fact is I was napping, and so gently you came
rapping,
      And so faintly you came tapping, tapping at my chamber
door, ▸▸

르노어를 잃은 슬픔을 잊으려 했지만 소용없었다 —
　　여기서 더 이상 그 이름을 부를 수 없었다.

보라색 비단 커튼이 슬프게 살짝 흔들리자
온몸이 떨렸다 — 처음으로 어마어마한 공포가 밀려왔다.
심장 고동을 진정시키기 위해 일어서서 같은 말을 반복했다.
"어떤 손님이 내 방으로 들어오려고 하는군 —
어떤 손님이 밤늦게 내 방으로 들어오려고 하는군 —
　　단지 그뿐이었고 더 이상 아무 일도 없었다."

곧 더 이상 망설이지 않고 내 영혼이 용기를 내 말했다,
"선생님이신지 부인이신지, 제발 용서해 주십시오.
사실 제가 졸고 있었는데, 너무 살살 두드리셔서,
방문을 너무 조용히 두드리셔서,　▸▸

That I scarce was sure I heard you" — here I opened wide the door; —

Darkness there and nothing more.

Deep into that darkness peering, long I stood there wondering, fearing,

Doubting, dreaming dreams no mortals ever dared to dream before;

But the silence was unbroken, and the stillness gave no token,

And the only word there spoken was the whispered word, "Lenore?"

This I whispered, and an echo murmured back the word, "Lenore!" —

Merely this and nothing more.

Back into the chamber turning, all my soul within me burning, ▸▸

거의 들리지 않았습니다" 나는 당장 문을 활짝 열었다 —
　　　거기에는 어둠뿐 더 이상 아무것도 없었다.

어둠 속을 한참 들여다보며, 오랫동안 거기 서서,
두려움과 의심에 차, 감히 누구도 꾸지 못한 꿈을 꾸었다.
하지만 여전히 조용했고, 아무 낌새도 없이 고요할 뿐이었고
"르노어?"라는 내 속삭임만 들릴 뿐이었다.
내가 이렇게 속삭이자 메아리가 울렸다. "르노어!"
　　　단지 그뿐 더 이상 아무 일도 없었다.

다시 방 쪽으로 몸을 돌리자, 마음속에서 영혼이 활활 타올랐
고, ▸▸

Soon again I heard a tapping somewhat louder than before.

"Surely," said I, "surely that is something at my window lattice;

Let me see, then, what thereat is, and this mystery explore —

Let my heart be still a moment and this mystery explore; —

'T is the wind and nothing more!"

Open here I flung the shutter, when, with many a flirt and flutter,

In there stepped a stately Raven of the saintly days of yore;

Not the least obeisance made he; not a minute stopped or stayed he;

But, with mien of lord or lady, perched above my chamber door —

Perched upon a bust of Pallas just above my chamber door —

Perched, and sat, and nothing more. ‣

곧 전보다 더 큰 똑똑 소리가 다시 들렸다. 내가 말했다.
"분명히, 분명히 내 창가에 뭔가가 있어.
자, 그러면, 어떤 위험이 있든 수수께끼를 풀어보자 —
잠시 마음을 가라앉히고 수수께끼를 풀어보자 —
　　단지 바람뿐, 더 이상 아무것도 없군!"

내가 덧창문을 활짝 열자, 마구 힘차게 퍼덕대며,
까마귀 한 마리가 당당하게 들어왔다. 신성한 먼 옛날에 살던
까마귀가.
그 까마귀는 전혀 인사도 없이 잠시도 멈추지 않고,
날아와 내 방문 위쪽에 영주나 영주 부인처럼 당당하게
앉았다.
방문 바로 위쪽에 있는 팔라스 흉상에 앉았다.
　　거기 자리 잡고 앉았을 뿐, 더 이상 아무 일도 없었다. ▸

Then this ebony bird beguiling my sad fancy into smiling,

By the grave and stern decorum of the countenance it wore,

"Though thy crest be shorn and shaven, thou," I said, "art sure no craven,

Ghastly grim and ancient Raven wandering from the Nightly shore —

Tell me what thy lordly name is on the Night's Plutonian shore!"

Quoth the Raven, "Nevermore."

Much I marvelled this ungainly fowl to hear discourse so plainly,

Though its answer little meaning — little relevancy bore;

For we cannot help agreeing that no living human being

Ever yet was blessed with seeing bird above his chamber door —

Bird or beast upon the sculptured bust above his chamber door,

With such name as "Nevermore." ▸

새까만 그 까마귀가 엄숙하게 단호한 표정을 짓자 그 모습에
내 슬픈 환상은 사라졌고 미소를 지으며 내가 말했다.
"네 볏은 잘려나갔지만, 확실히 비겁하지는 않구나
밤의 왕국 해안에서 날아온 끔찍하게 우울한 옛날 까마귀여,
하계의 밤의 왕국의 영주인 너를 거기서는 어떻게 부르는지
말해다오!"
　　　까마귀가 말했다, "네버모어."•

이 볼품없는 새가 이처럼 내 말을 똑똑히 알아듣자 깜짝 놀랐
다.
대답은 무의미했고 내 질문에 대한 답은 아니었지만.
방문 위쪽에 앉은 새,
새인지 짐승인지 방문 위쪽 흉상에 앉아 제 이름을
말하는 새를 보는 행운은 누린 사람은 나밖에 없을 것이다.
　　　그 이름은 "네버모어." ▸

• 　더 이상은 결코 안 된다는 뜻

But the Raven, sitting lonely on the placid bust, spoke only

That one word, as if his soul in that one word he did outpour.

Nothing further then he uttered — not a feather then he fluttered —

Till I scarcely more than muttered, — "Other friends have flown before —

On the morrow — *he* — will leave me, as my Hopes have flown before."

　　　　Then the bird said, "Nevermore."

Startled at the stillness broken by reply so aptly spoken,

"Doubtless," said I, "what it utters is its only stock and store

Caught from some unhappy master whom unmerciful Disaster

Followed fast and followed faster till his songs one burden bore —

Till the dirges of his Hope that melancholy burden bore

　　　　Of 'Never — nevermore.'" ‣

그 까마귀는 고요한 흉상에 외롭게 앉아, 그 단어만 말했다.

마치 그 단어 속에 영혼을 쏟아내는 것처럼.

그 후 더 이상 아무 말도 하지 않고 ― 더 이상 날개를 퍼덕이지도 않았다 ―

마침내 겨우 내가 말했다. "다른 친구들은 이미 날아가 버렸고 ―

내일이면 *이 새도* 날 떠나겠구나. 전에 희망이 날아갔듯이."

그러자 그 새가 말했다. "네버모어."

이렇게 아주 적절한 대답으로 침묵을 깨자 놀라서 내가 말했다,

"물론 저 새가 하는 말은 불행한 주인에게서

듣고 기억하는 유일한 단어일 거야. 무자비한 운명이

주인을 바싹 쫓아오자 주인이 노래한 유일한 단어 ―

사라진 희망을 애도하며 주인이 노래한 유일한 단어,

'네버, 네버모어.'" ▸

27

But the Raven still beguiling all my fancy into smiling,

Straight I wheeled a cushioned seat in front of bird, and bust and door;

Then, upon the velvet sinking, I betook myself to linking

Fancy unto fancy, thinking what this ominous bird of yore —

What this grim, ungainly, ghastly, gaunt, and ominous bird of yore

Meant in croaking "Nevermore."

This I sat engaged in guessing, but no syllable expressing

To the fowl whose fiery eyes now burned into my bosom's core;

This and more I sat divining, with my head at ease reclining

On the cushion's velvet lining that the lamp-light gloated o'er,

But whose velvet violet lining with the lamp-light gloating o'er,

— *She* — shall press, ah, nevermore! ‣

하지만 그 까마귀가 여전히 내 영혼을 유혹해,

나는 미소를 띠고 푹신한 의자를 밀어 문 위쪽 흉상에 앉은 까마귀 앞으로 갔다.

그 후, 벨벳 등받이에 몸을 푹 기대고 공상을 이어가며,

옛날이야기에나 나올 이 불길한 새에 대해 생각했다―

이 우울하고 볼품없고 무시무시한 여윈 불길한 새가 무슨 뜻으로

　　　　"네버모어"라고 하는지.

앉아서 이런 생각만 했지, 그 새에게 한마디도 건네지 않았다.

불타는 그 새의 눈을 보자 이제 내 가슴까지 불타올랐다.

램프 불빛이 환히 비치는 벨벳 등받이에 편안히 머리를 기대고

앉아 이런 생각을 계속 이어가고 있었다.

하지만 이렇게 램프 빛이 환히 비치는 보라색 벨벳 등받이에

　　　　그녀는 머리를 기댈 수 없으리라, 아, 네버모어. ▸

Then, methought, the air grew denser, perfumed from an unseen censer

Swung by seraphim whose foot — falls tinkled on the tufted floor.

"Wretch," I cried, "thy God hath lent thee — by these angels he hath sent thee

Respite — respite and nepenthe from thy memories of Lenore;

Quaff, oh quaff this kind nepenthe and forget this lost Lenore!"

Quoth the Raven, "Nevermore."

"Prophet!" said I, "thing of evil! — prophet still, if bird or devil! —

Whether Tempter sent, or whether tempest tossed thee here ashore,

Desolate yet all undaunted, on this desert land enchanted —

On this home by Horror haunted — tell me truly, I implore — ▸▸

그때 보이지 않는 향로에서 올라온 짙은 향이 방 안에 가득 찼다.

천사가 융단 깔린 마루를 살살 걸어와 향로를 흔드는 것 같았다.

나는 외쳤다. "불쌍한 자여, 그대의 신께서 보내셨구나 ─ 이 천사들과 함께 보내셨구나

더 이상 ─ 더 이상 르노어를 기억하지 말라고 망각의 물약을 주셨구나!

이 친절한 물약을 마시고 죽은 르노어를 잊으라는 거구나!"

까마귀가 말했다, "네버모어."

"예언자여! 악마여! 새든 악마든, 여전히 예언자여! ─

사탄이 보냈건 태풍에 휩쓸려 왔건 이곳 해안으로 온

그대, 마법에 걸린 이 사막에서 쓸쓸하지만 꿋꿋하게 서 있구나.

공포에 사로잡힌 이 집에서 진실을 말해다오, 제발 ─ ▸▸

Is there — *is* — there balm in Gilead? — tell me — tell me, I implore!"

Quoth the Raven, "Nevermore."

"Prophet!" said I, "thing of evil — prophet still, if bird or devil!

By that Heaven that bends above us — by that God we both adore —

Tell this soul with sorrow laden if, within the distant Aidenn,

It shall clasp a sainted maiden whom the angels name Lenore —

Clasp a rare and radiant maiden whom the angels name Lenore."

Quoth the Raven, "Nevermore." ▸

길레아드°에 치유의 향유가 있는가? — *있는가!?* — 말해다오 —
말해다오, 제발!"°° 내가 말했다.

까마귀가 말했다 "네버모어."

"예언자여! 악마여! 새든 악마든, 여전히 예언자여! —
위에서 굽어보는 저 천국의 이름으로 — 우리 둘 다 섬기는 신의
이름으로 —
먼 에덴의 천사들이 르노어라고 부르는 성스러운 처녀를
껴안을 수 있는지 슬픈 내 영혼에게 말해다오 —
천사들이 르노어라고 부르는 이 고귀하고 빛나는 처녀를 껴안
을 수 있는지."

까마귀가 말했다, "네버모어." ‣

•   고대 팔레스티나의 요르단강 동쪽 지방
•• 구약 예레미아서 8장 22절 "길리아드에는 치유의 향유가 없는가?"

"Be that word our sign of parting, bird or fiend!" I shrieked, upstarting —

"Get thee back into the tempest and the Night's Plutonian shore!

Leave no black plume as a token of that lie thy soul hath spoken!

Leave my loneliness unbroken! — quit the bust above my door!

Take thy beak from out my heart, and take thy form from off my door!"

Quoth the Raven "Nevermore."

And the Raven, never flitting, still is sitting, *still* is sitting

On the pallid bust of Pallas just above my chamber door;

And his eyes have all the seeming of a demon's that is dreaming,

And the lamp-light o'er him streaming throws his shadow on the floor; ▸▸

"새든 악마든 그 말만 하고 떠나거라!" 나는 벌떡 일어나며 비명을 질렀다 —

"다시 폭풍 속으로, 풀루톤*의 밤의 왕국 해안으로 돌아가라!

그대 영혼이 한 거짓말의 징표인 검은 깃털은 하나도 남기지 마라!

날 혼자 내버려둬라! — 문 위쪽 흉상을 떠나거라!

내 심장에서 네 부리를 빼내고 내 몸 밖으로 사라져라!"

까마귀가 말했다, "네버모어."

그리고 그 까마귀는 전혀 퍼덕대지 않고 *아직도*

내 방문 위쪽 창백한 팔라스 흉상에 앉아 있다. 아직도 앉아 있다.

그 새의 눈은 꿈꾸는 악마의 눈과 아주 흡사하고,

램프 불빛을 받아 넘실대는 그의 그림자가 마루 위에 드리워져 있다. ▸▸

• 로마신화에서 저승의 신

35

And my soul from out that shadow that lies floating on the floor

      Shall be lifted — nevermore.

내 영혼은 바닥에 어른대는 저 그림자로부터

벗어나지 못하리라. "— 네버모어!"

Lenore

Ah, broken is the golden bowl! the spirit flown forever!

Let the bell toll! — a saintly soul floats on the Stygian river;

And, Guy De Vere, hast — thou — no tear? — weep now or never more!

See! on yon drear and rigid bier low lies thy love, Lenore!

Come! let the burial rite be read - the funeral song be sung! —

An anthem for the queenliest dead that ever died so young —

A dirge for her the doubly dead in that she died so young.

"Wretches! ye loved her for her wealth and hated her for her pride,

And when she fell in feeble health, ye blessed her — that she died!

How — shall — the ritual, then, be read? the requiem how be sung

By you — by yours, the evil eye, — by yours, the slanderous tongue

That did to death the innocence that died, and died so young?" ▸

르노어

아, 황금 주발은 깨졌다! 영혼은 영원히 날아가 버렸다
종을 울려라! 성스러운 영혼은 스틱스강 위에 떠내려간다.
그런데 기 드 베르, 그대는 눈물을 흘리지 않는가? 지금 울든
지 아니면 영원히 울지 말거라!
보라! 그대의 사랑, 르노어가 딱딱하고 음울한 상어에 누워 있다!
오라! 장례식 조사를 읽어라 ─ 장송곡을 불러라!
그렇게 일찍 죽은 최고의 여왕에게 찬가를 바쳐라 ─
그렇게 일찍 죽어서 두 배로 슬픈 그녀에게 장송곡을 바쳐라.

"비열한 자들이여! 그대들은 재산을 보고 그녀를 사랑했고, 그
녀의 당당함을 미워했다.
그녀가 쇠약해지자 그대들은 축복했고, 그녀는 죽고 말았다!
어떻게 그대들이, 사악한 그대들의 눈이 조사를 읽겠는가?
어떻게 그대들이, 그대들의 중상모략하는 혀가 진혼가를 부르
겠는가?
순수한 그녀를 죽게 한, 그렇게 일찍 죽게 한 그대들이?" ▸

Peccanimus; but rave not thus! and let a Sabbath song

Go up to God so solemnly the dead may feel no wrong!

The sweet Lenore hath "gone before," with Hope that flew
beside,

Leaving thee wild for the dear child that should have been
thy bride —

For her, the fair and debonair, that now so lowly lies,

The life upon her yellow hair but not within her eyes —

The life still there, upon her hair — the death upon her eyes.

"Avaunt! avaunt! from friends below, the indignant ghost
is riven —

From Hell unto a high estate far up within the Heaven —

From grief and groan, to a golden throne, beside the King
of Heaven!

Let no bell toll, then, — est her soul, amid its hallowed mirth,

Should catch the note as it doth float up from the damnéd
Earth! ▸▸

우리 모두 죄인이지만 그렇게 횡설수설하지 말라!

죽은 이가 부당하다고 느끼지 않도록 신에게 아주 장엄한 찬가를 바쳐라!

다정한 르노어는 "먼저 가버렸고" 희망도 함께 사라졌다.

그대의 어린 신부가 될 그녀가 죽자 그대는 미쳐버렸다―

아름답고 명랑한 그녀는 이제 이렇게 바닥에 누워 있지만,

생명은 눈이 아니라 노란 머리칼 위에 머물러 있다―

생명은 여전히 저기 머리카락 위에 있고―눈에는 죽음이 있다.

"가라! 가라! 분노한 혼령은 지상의 친구들과 헤어진다―

지옥에서 지체 높은 천국의 자리로―

슬픔과 신음을 버리고 천상의 왕 옆, 황금 옥좌로 올라간다!

조종을 울리지 마라. 성스러운 기쁨에 싸인 다정한 그녀의 영혼이

저주받은 지상에서 올라오는 노래를 듣지 못하게 하라! ▸▸

And I! — to-night my heart is light! — No dirge will I upraise,

But waft the angel on her flight with a Pæan of old days."

오늘 밤 내 마음이 가볍다! — 어떤 장송곡도 바치지 않으리,
그 천사가 옛 시절의 찬가를 들으며 날아가게 두리라."

Eulalie

A Song

I dwelt alone

In a world of moan,

And my soul was a stagnant tide,

Till the fair and gentle Eulalie became my blushing bride —

Till the yellow-haired young Eulalie became my smiling bride.

Ah, less — less bright

The stars of the night

Than the eyes of the radiant girl!

And never a flake

That the vapor can make

With the moon-tints of purple and pearl,

Can vie with the modest Eulalie's most unregarded curl, —

Can compare with the bright-eyed Eulalie's most humble and careless curl. ▸

율랄리

노래

아름답고 부드러운 율랄리가 홍조 띤 내 신부가 될 때까지—
노란 머리카락의 율랄리가 미소 띤 내 어린 신부가 될 때까지,
나는 신음으로 찬 세상에,
혼자 살았고
내 영혼은 고인 물이었다.

밤하늘의 별도
빛나는 그녀 눈동자만큼
빛나지 않았다, 빛나지 않았다.
수증기가 만들어 낸
보라색과 진주색 달빛을 띤
어떤 조각구름도
아무렇게나 늘어뜨린 겸손한 율랄리의 곱슬머리와는 상대가
되지 않았다—
    빛나는 눈동자를 지닌 율랄리의 아주 소박하고 꾸밈없는 곱슬
머리와 비교할 수가 없었다. ▸

Now doubt — now pain

Come never again,

For her soul gives me sigh for sigh;

And all day long

Shines, bright and strong,

Astarte within the sky,

While ever to her dear Eulalie upturns her matron eye —

While ever to her young Eulalie upturns her violet eye.

이제 다시는 의심하지도 ─ 고통스러워하지도

않으리라,

내가 한숨을 쉬면 그녀의 영혼이 한숨을 쉬니까.

아스타르테˚가 하늘에서

하루 종일

아주 강렬하게 밝은 빛을 뿜으며

어머니의 눈길로 소중한 율랄리를 우러러보고 ─

보라색 눈빛으로 젊은 율랄리를 우러러본다.

˚　고대 페니키아의 풍요와 다산의 여신

A Dream within a Dream

Take this kiss upon the brow!

And, in parting from you now,

Thus much let me avow —

You are not wrong, who deem

That my days have been a dream;

Yet if hope has flown away

In a night, or in a day,

In a vision, or in none,

Is it therefore the less gone?

All that we see or seem

Is but a dream within a dream.

I stand amid the roar

Of a surf-tormented shore,

And I hold within my hand

Grains of the golden sand —

How few! yet how they creep

Through my fingers to the deep,

While I weep — while I weep! ▸▸

꿈속의 꿈

그대 이마에 입맞춤하니 받아주오!
그대를 떠나며 이제,
인정하겠소—
나의 날들이 모두 꿈이라는
그대의 말이 옳았음을.
하지만 하룻밤 사이에, 혹은 한나절 만에,
환상 속에서 혹은 실제로 희망이
멀리 날아간다 해도,
꿈에서는 덜 사라지지 않겠소?
우리가 보는, 혹은 본다고 여기는
모든 게 꿈속의 꿈일 뿐이오.

나는 마구 파도치는 해안에 서서
우르릉대는 파도 소리를 들으며,
손안에 황금 모래알을
쥐고 있소—
손안에는 모래가 몇 알 없소! 그런데도
내가 우는 동안—내가 우는 동안
그 모래마저 손가락 사이로 빠져나가 바다로 떨어졌소! ▸▸

O God! Can I not grasp

Them with a tighter clasp?

O God! can I not save

One from the pitiless wave?

Is all that we see or seem

But a dream within a dream?

오, 신이시여! 모래를
더 꼭 쥐고 있을 수는 없나요?
오, 신이시여! 무자비한 파도에서
모래를 한 알이라도 구할 수 없나요?
우리가 보는 혹은 본다고 여기는
모든 게 꿈속의 꿈인가요?

For Annie

Thank Heaven! the crisis —
  The danger is past,
And the lingering illness
  Is over at last —
And the fever called "Living"
  Is conquered at last.

Sadly, I know
  I am shorn of my strength,
And no muscle I move
  As I lie at full length —
But no matter! — I feel
  I am better at length.

And I rest so composedly
  Now, in my bed,
That any beholder
  Might fancy me dead —
Might start at beholding me, ▸▸

애니에게 바치는 시

오, 다행이다! 위기 —
　위험은 지나갔고
마침내 남아 있던
　미열마저 사라졌다 —
마침내 "살아 있음"이라는 열병을
　극복했다.

슬프지만, 내가
　기운이 빠져,
근육은 꼼짝도 못하고
　완전히 늘어져 누워 있는 걸 안다 —
하지만 상관없다! — 마침내
　병이 나았다.

이제 침대에서
　아주 평온하게 쉬고 있어,
날 보면 누구나
　죽었다고 상상할 것이다 —
어쩌면 죽은 줄 알고 ▸▸

Thinking me dead.

The moaning and groaning,
  The sighing and sobbing,
Are quieted now,
  With that horrible throbbing
At heart: — ah, that horrible,
  Horrible throbbing!

The sickness — the nausea —
  The pitiless pain —
Have ceased, with the fever
  That maddened my brain —
With the fever called "Living"
  That burned in my brain.

And oh! of all tortures,
  That torture the worst
Has abated — the terrible ▸▸

깜짝 놀랄 것이다.

칭얼대는 소리와 신음 소리도,
　한숨과 흐느낌도,
이제는 들리지 않는다.
　끔찍한 심장 고동 소리도ㅡ
아, 끔찍하고
　끔찍한 심장 고동 소리도!

머리가 깨질듯한 고열이 멈추자
　구역질ㅡ 멀미ㅡ
가혹한 고통도ㅡ
　멈췄다.
머릿속에서 불타고 있던
　"살아 있음"이라는 열병도!

그리고 오! 최악의 고통이
　줄어들었다ㅡ
그 끔찍한 갈증 ▸▸

Torture of thirst
For the naphthaline river
Of Passion accurst —
I have drank of a water
That quenches all thirst —

Of a water that flows,
With a lullaby sound.
From a spring but a very few
Feet under ground —
From a cavern not very far
Down under ground.

And ah! let it never
Be foolishly said
That my room it is gloomy
And narrow my bed;
For man never slept ▸▸

저주받은 열정의
나프탈렌 강물을 마시고 싶은
　고통스러운 갈증이 줄어들었다―
갈증을 완전히
　가시게 하는 물을 마셨다―

자장가처럼
　흐르는 물을 마셨다.
몇 피트도 안 되는
　지하 샘에서 솟은 물―
지하에서 그다지 깊지 않은
　동굴에서 흘러나온 물을 마셨다.

아! 결코 그런 말은
　내 방이 우울하고
내 침대가 좁다는
　그런 어리석은 말은 하지 마라.
사람들이 자는 침대는 ▸▸

In a different bed —

And, to sleep, you must slumber

In just such a bed.

My tantalized spirit

Here blandly reposes,

Forgetting, or never

Regretting, its roses —

Its old agitations

Of myrtles and roses:

For now, while so quietly

Lying, it fancies

A holier odor

About it, of pansies —

A rosemary odor,

Commingled with pansies —

With rue and the beautiful

Puritan pansies. ▸

모두 비슷하다—
　잠들려면, 당신도
바로 그런 침대에서 자야 한다.

여기 내 영혼이
　온순하게 누워 있다.
예전에 장미에 설렌 것을
　결코 잊지도 후회하지도 않고—
예전에 도금양과 장미를 보고
　설레었던 것도 마찬가지다.

이제 내 영혼은 아주 조용히
　누워 주위에서
더 신성한 향기,
　팬지 향기를—
팬지가 섞인 로즈마리 향기를—
　루와 아름다운 청교도적
팬지가 섞인
　로즈마리 향기를 상상한다 ▸

And so it lies happily,

  Bathing in many

A dream of the truth

  And the beauty of Annie —

Drowned in a bath

  Of the tresses of Annie.

She tenderly kissed me,

  She fondly caressed,

And then I fell gently

  To sleep on her breast —

Deeply to sleep

  From the heaven of her breast —

When the light was extinguished,

  She covered me warm,

And she prayed to the angels

  To keep me from harm — ▸▸

이렇게 내 영혼은
  행복하게 여러 가지 향기를 맡으며 누워
아름답고 진실된
  내 애니를 꿈꾸고 또 꿈꾼다.
애니의 머리 단 속에
  파묻힌 채.

그녀는 내게 부드럽게 입 맞추고
  다정하게 날 어루만졌다.
나는 그녀의 품에서
  스르르 잠들었다.
천국 같은 그녀 품에서
  깊이 잠들었다.

빛이 사라지자,
  그녀는 포근하게 날 껴안고
날 지켜달라고
  천사의 여왕에게 기도했다. ▸▸

To the queen of the angels
  To shield me from harm.

And I lie so composedly
  Now, in my bed,
(Knowing her love)
  That you fancy me dead —
And I rest so contentedly,
  Now in my bed,
(With her love at my breast)
  That you fancy me dead —
That you shudder to look at me,
  Thinking me dead: —

But my heart it is brighter
  Than all of the many
Stars in the sky,
  For it sparkles with Annie —
It glows with the light ▸▸

날 보호해 달라고
　천사들의 여왕에게 기도했다.

이제, 내가 침대에,
　아주 평온하게 누워 있자
(그녀의 사랑을 알게 되어)
　죽었다고 상상한다 ─
내가 이제 침대에
　아주 만족스럽게 쉬고 있자,
(가슴속에 그녀의 사랑을 느끼며)
　죽었다고 상상한다 ─
그대들은 내가 죽었다고 생각해
　나를 보고 부들부들 떤다.

하지만 내 마음은
　수많은 하늘의 별
모두 합한 것보다
　더 빛난다.
애니와 함께 반짝이므로 ─　▸▸

Of the love of my Annie —

With the thought of the light

Of the eyes of my Annie.

애니의 사랑의 빛으로 빛나고―
애니의 눈빛을
　생각하며 빛난다.

Israfel

And the angel Israfel, whose heart-strings are a lute, and
who has the sweetest voice of all God's creatures. — *KORAN*

In Heaven a spirit doth dwell
  "Whose heart-strings are a lute;"
None sing so wildly well
As the angel Israfel,
And the giddy stars (so legends tell)
Ceasing their hymns, attend the spell
  Of his voice, all mute.

Tottering above
  In her highest noon,
  The enamoured moon
Blushes with love,
  While, to listen, the red levin
  (With the rapid Pleiads, even,
  Which were seven,)
  Pauses in Heaven. ›

이스라펠

천사 이스라펠은 심장 힘줄로 류트를 만들었고,
신의 창조물 중 가장 아름다운 목소리를 지녔다. ―『코란』

한 영혼이 천국에 살고 있다.
"그는 심장 힘줄로 류트를 만들었다."
천사 이스라펠은
누구보다도 열정적으로 노래한다.
눈부신 별들도 (전설대로)
노래를 멈추고 아주 조용히
　마법적인 그의 노래를 듣는다.

하늘 꼭대기에 뜬 달은
　사랑에 빠져
　홍조를 띤 채
불안하게 휘청댄다.
　그사이 붉은 번개도
　(일곱 개의 별로 된
　빠른 황소자리조차도,)
　그 노래를 들으려고 하늘에서 멈춘다. ▸

And they say (the starry choir

   And the other listening things)

That Israfeli's fire

Is owing to that lyre

   By which he sits and sings —

The trembling living wire

   Of those unusual strings.

But the skies that angel trod,

   Where deep thoughts are a duty,

Where Love's a grown-up God,

   Where the Houri glances are

Imbued with all the beauty

   Which we worship in a star. ›

그들(반짝이는 별 합창대와

    경청하는 다른 존재들)은

이스라펠의 열정적인 노래가

곁에 둔 반주하는

    리라 때문이라고 한다—

예사롭지 않은 줄로 만든

    살아 떨리는 현에서 나온다고 한다.

천사가 걸어 다니는 하늘,

    심오한 사유가 의무인 하늘,

어른을 사랑을 신으로 삼는 하늘,

    후어리°가 바라보는 하늘은

아름다움으로 물들어 있다.

    별을 볼 때 우리가 감탄하는 온갖 아름다움으로. ‣

° 이슬람교에서 신실한 무슬림이 천국에 가면 아름다운 눈을 지닌 미녀인 후어
리가 보상으로 주어진다고 한다.

Therefore thou art not wrong,

  Israfeli, who despisest

An unimpassioned song;

To thee the laurels belong,

  Best bard, because the wisest!

Merrily live, and long!

The ecstasies above

  With thy burning measures suit —

Thy grief, thy joy, thy hate, thy love,

  With the fervor of thy lute —

  Well may the stars be mute!

Yes, Heaven is thine; but this

  Is a world of sweets and sours;

  Our flowers are merely — flowers,

And the shadow of thy perfect bliss

  Is the sunshine of ours. ‣

그러므로 열정 없는 노래를
　경멸하는 이스라펠이여,
그대가 틀리지 않았다.
월계관은 그대 것이니,
　가장 현명해서, 최고인 시인이여!
행복하게 오래오래 살아다오!

천국의 황홀함은
　그대의 타오르는 선율과 어울리고 ―
그대의 슬픔, 기쁨, 증오, 사랑은
　열정적인 류트와 어울린다 ―
　별들이 침묵하는 것도 당연하다!

그렇다. 천국은 그대의 것.
　하지만 지상은 달콤하면서도 신세계다.
　지상의 꽃은 단지 ― 꽃일 뿐이고
지상의 햇살은 그대가 누리는
　완벽한 행복의 그림자일 뿐이다.　▸

If I could dwell

Where Israfel

  Hath dwelt, and he where I,

He might not sing so wildly well

  A mortal melody,

While a bolder note than this might swell

  From my lyre within the sky.

만일 내가 이스라펠이

사는 곳에 산다면

　하늘의 내 리라에서

그의 노래보다 더 대담한 노래가 울려 퍼지겠지만,

　내가 사는 곳에 이스라펠이 산다면,

그는 인간의 노래를

　나만큼 거침없이 잘 부르지 못하리라.

The Bells

I

Hear the sledges with the bells —

Silver bells!

What a world of merriment their melody foretells!

How they tinkle, tinkle, tinkle,

In the icy air of night!

While the stars that oversprinkle

All the heavens, seem to twinkle

With a crystalline delight;

Keeping time, time, time,

In a sort of Runic rhyme,

To the tintinnabulation that so musically wells

From the bells, bells, bells, bells,

Bells, bells, bells —

From the jingling and the tinkling of the bells. ‣

종들

썰매에서 울리는 종소리 ―

은 종소리를 들어보세요!

멋진 환희의 세계를 예언하는 종소리!

차가운 밤공기 속에서

딸랑, 딸랑, 딸랑 울리는 경쾌한 종소리!

하늘 가득 흩뿌려진

별들이 기쁨에 차

수정처럼 반짝이네.

종들, 종들, 종들, 종들

종들, 종들, 종들,

짤랑대고 딸랑대는 종들에서

솟아나는 조화로운 딸랑 소리에

박자 맞추어, 맞추어, 맞추어,

룬*의 운율로 울리네. ▸

---

* 고대 북유럽에서 사용한 룬 문자를 가리킨다.

II

Hear the mellow wedding bells,

Golden bells!

What a world of happiness their harmony foretells!

Through the balmy air of night

How they ring out their delight!

From the molten-golden notes,

And all in tune,

What a liquid ditty floats

To the turtle-dove that listens, while she gloats

On the moon!

Oh, from out the sounding cells,

What a gush of euphony voluminously wells!

How it swells!

How it dwells

On the Future! how it tells

Of the rapture that impels

To the swinging and the ringing ▸▸

II

감미로운 결혼식 종소리,

황금 종소리를 들어보세요!

조화로운 소리가 예언하는 행복한 세상!

향기로운 밤공기 속으로

울려 퍼지는 기쁨에 찬 종소리!

빛나는 황금 음표에서,

조화로운 음악이 쏟아지고,

흐뭇하게 달을

바라보는 호도애의 귓가에

흐르는 멋진 음악!

오 작은 종탑 방에서,

마구 솟아나는 기분 좋은 종소리!

마구 솟아나는 종소리!

종소리가 알리는

너무나 찬란한 미래!

흔들대며 소리를 내는

종들, 종들, 종들, ▸▸

Of the bells, bells, bells,

Of the bells, bells, bells,bells,

Bells, bells, bells —

To the rhyming and the chiming of the bells!

III

Hear the loud alarum bells —

Brazen bells!

What a tale of terror, now, their turbulency tells!

In the startled ear of night

How they scream out their affright!

Too much horrified to speak,

They can only shriek, shriek,

Out of tune,

In a clamorous appealing to the mercy of the fire,

In a mad expostulation with the deaf and frantic fire,

Leaping higher, higher, higher,

With a desperate desire, ▸▸

종들, 종들, 종들, 종들
종들, 종들, 종들에 맞추어
들려주는 황홀한 날들의 이야기!
운율에 맞추어 반복되는 황홀한 날들의 이야기!

III

크게 울리는 경고의 종소리,
쇠 종소리를 들어보세요!
시끄럽게 전하는 공포에 찬 이야기를 전하는 종소리!
놀란 귀에 대고 한밤중에
마구 질러대는 공포에 찬 비명!
너무 겁에 질린 종들은 말도 못하고
불협화음의 비명,
비명만 지르네.
불에게 자비심을 가져달라고 호소하기도 하고,
막무가내로 미친 듯이 타오르는 불을 설득하기도 하지만
불길은 필사적으로
결의에 차 ▸▸

And a resolute endeavor

Now — now to sit or never,

By the side of the pale-faced moon.

Oh, the bells, bells, bells!

What a tale their terror tells

Of Despair!

How they clang, and clash, and roar!

What a horror they outpour

On the bosom of the palpitating air!

Yet the ear it fully knows,

By the twanging,

And the clanging,

How the danger ebbs and flows;

Yet the ear distinctly tells,

In the jangling,

And the wrangling.

How the danger sinks and swells,

By the sinking or the swelling in the anger of the bells —

Of the bells — ▸▸

더 높이, 더 높이, 더 높이 타오르네.

지금 — 지금이 아니면 결코

달 옆에 가 앉을 수 없다는 듯이.

오 종들, 종들, 종들!

공포에 질려 종들이 전하는

절망적인 이야기!

마구 땡그랑거리며 부딪히고 포효하네!

떨고 있는 대기의 가슴에

마구 쏟아내는 끔찍한 이야기!

하지만 잘 들어보면

완벽하게 알 수 있다네.

팅팅 소리나,

땡그랑 소리로,

위험이 몰려오는지 물러가는지

하지만 잘 들어보면 분명히 알 수 있다네.

시끄러운 소리나,

다투는 소리를

위험이 커지는지 줄어드는지.

종들의 분노가 커지는지 줄어드는지 보고 알 수 있다네 — ▸▸

Of the bells, bells, bells,bells,

Bells, bells, bells —

In the clamor and the clangor of the bells!

IV

Hear the tolling of the bells —

Iron Bells!

What a world of solemn thought their monody compels!

In the silence of the night,

How we shiver with affright

At the melancholy menace of their tone!

For every sound that floats

From the rust within their throats

Is a groan.

And the people — ah, the people —

They that dwell up in the steeple,

All Alone, ▸▸

종들, 종들, 종들, 종들,
종들, 종들, 종들의 ─
쨍그랑 땡그랑 소리에서!

IV

조종 소리를 들어보세요 ─
쇠 종소리!
그 노래에 세상은 엄숙해질 수밖에 없다네!
고요한 밤에,
위협적으로 울리는 우울한 종소리를 듣고
우리는 얼마나 공포에 떠는지!
녹슨 종 깊숙한 곳에서
흘러나오는 종소리가
신음이기에.
그리고 사람들 ─ 아, 사람들 ─
첨탑 안에
혼자 사는 사람들은, ▸▸

And who, tolling, tolling, tolling,

In that muffled monotone,

Feel a glory in so rolling

On the human heart a stone —

They are neither man nor woman —

They are neither brute nor human —

They are Ghouls:

And their king it is who tolls;

And he rolls, rolls, rolls,

Rolls

A paean from the bells!

And his merry bosom swells

With the paean of the bells!

And he dances, and he yells;

Keeping time, time, time,

In a sort of Runic rhyme,

To the paean of the bells —

Of the bells:

Keeping time, time, time, ▸▸

저렇게 억눌린 단조로운 소리로

종을 치고, 치고, 치면서,

인간의 가슴에 돌을 던지는 걸

명예롭게 여기네 —

남자도 아니고 여자도 아니고 —

짐승도 아니고 사람도 아니고 —

악귀들이다.

악귀들의 왕이 종을 치는 것이다.

그는 찬가의 종을

치고, 치고, 치고,

친다!

찬가의 종에

그의 가슴이 벅차네!

그는 고함을 지르며, 춤추네.

룬의 운율로,

박자 맞추어, 맞추어, 맞추어,

찬가의 종을

종을 치네

룬의 운율로, ▸▸

In a sort of Runic rhyme,

To the throbbing of the bells —

Of the bells, bells, bells —

To the sobbing of the bells;

Keeping time, time, time,

As he knells, knells, knells,

In a happy Runic rhyme,

To the rolling of the bells —

Of the bells, bells, bells —

To the tolling of the bells,

Of the bells, bells, bells, bells —

Bells, bells, bells —

To the moaning and the groaning of the bells.

박자 맞추어, 맞추어, 맞추어,

종들, 종들, 종들의 —

종들의 맥박에 맞추어 —

종들의 울음에 맞춰.

행복한 룬의 운율로,

박자 맞추어, 맞추어, 맞추어,

종들, 종들, 종들의

종들의 울림에 맞추어

조종을 치고, 치고, 치네 —

종들, 종들, 종들 —

종들, 종들, 종들, 종들의 —

조종들에 맞추어

종들의 끙끙대는 신음에 맞추어 종을 치네.

To Helen

I saw thee once — once only — years ago:
I must not say how many — but not many.
It was a July midnight; and from out
A full — orbed moon, that, like thine own soul, soaring
Sought a precipitate pathway up through heaven,
There fell a silvery — silken veil of light,
With quietude and sultriness and slumber,
Upon the upturned faces of a thousand
Roses that grew in an enchanted garden,
Where no wind dared to stir, unless on tiptoe —
Fell on the upturned faces of these roses
That gave out, in return for the love-light,
Their odorous souls in an ecstatic death:
Fell on the upturned faces of these roses
That smiled and died in this parterre, enchanted ▸▸

헬렌에게 •

몇 년 전 단 한 번 그대를 보았소 —
정확하게 몇 년 전인지 몰라도 — 여러 해가 지나지는 않았소
7월 한밤중이었소. 밖에는
그대 영혼이 솟아오르듯이 보름달이 솟아올라,
천국으로 가는 가파른 길을 올라가고 있었소.
마법의 정원에 있는
수천 송이 장미 얼굴 위로,
후덥지근하고 졸리운 대기 속에
비단 베일처럼 은색 달빛이 쏟아졌소.
바람도 감히 흔들지 못하고 살금살금 스쳐 가는
달을 바라보는 장미 얼굴 위로 달빛이 쏟아졌소 —
장미는 황홀하게 죽어가며
사랑의 빛에 보답해 향기로운 영혼을 내주었소.
달을 바라보는 장미 얼굴 위로 달빛이 쏟아지고
장미는 기하학 무늬 정원에서 웃으며 죽어갔소. ▸▸

• 1848년 포와 약혼했다가 파혼한 시인 새러 헬렌 휘트먼에게 바친 시로, 원래
제목은 "___에게"로 발표되었다. 「헬렌에게」라는 제목은 포 사후에 편집자
가 붙인 제목이다.

By thee, and by the poetry of thy presence.

Clad all in white, upon a violet bank
I saw thee half reclining; while the moon
Fell on the upturned faces of the roses,
And on thine own, upturned — alas, in sorrow!

Was it not Fate, that, on this July midnight —
Was it not Fate (whose name is also Sorrow,)
That bade me pause before that garden-gate
To breathe the incense of those slumbering roses?
No footsteps stirred: the hated world all slept,
Save only thee and me — O Heaven! O God!
How my heart beats in coupling those two words! —
Save only thee and me. I paused — I looked —
And in an instant all things disappeared.
(Ah, bear in mind this garden was enchanted!) ‣

그대, 그대라는 시에 매료되어.

바이올렛이 핀 강둑에서 하얀 옷을
입고 비스듬히 기대어 있는 그대를 보았소.
달을 바라보는 장미 얼굴 위로
그대의 처든 얼굴 위로 달빛이 쏟아졌소 ― 슬프게, 아아!

이런 7월 한밤중에 내가
잠든 장미 향기를 맡으려고
그 정원 문 앞에 멈춰 선 게 운명
(슬픔이라고도 하는,)이 아니겠소?
발자국 소리 하나 들리지 않고 그대와 나만 빼고
가증스러운 세상은 모두 잠들어 있었소 ― 오 하늘이시여! 오
신이시여!
이 두 단어를 함께 말하자 가슴이 마구 뛰었소! ―
오직 그대와 나만 깨어 있었소. 멈추었소 ― 나는 바라보았소 ―
한순간 모든 게 사라졌소.
(이 정원이 마법의 정원이었음을 기억하라!) ▸

The pearly lustre of the moon went out:

The mossy banks and the meandering paths,

The happy flowers and the repining trees,

Were seen no more: the very roses' odors

Died in the arms of the adoring airs.

All — all expired save thee — save less than thou:

Save only the divine light in thine eyes —

Save but the soul in thine uplifted eyes.

I saw but them — they were the world to me:

I saw but them — saw only them for hours —

Saw only them until the moon went down.

What wild heart — histories seem to lie enwritten

Upon those crystalline, celestial spheres!

How dark a woe, yet how sublime a hope!

How silently serene a sea of pride!

How daring an ambition; yet how deep —

How fathomless a capacity for love! ‣

진주색 달빛도 사라졌소.

이제 더 이상 이끼 낀 언덕, 구불구불한 오솔길,

행복한 꽃들, 한탄하는 나무도

보이지 않았소. 장미 향기마저

사랑하는 대기의 품에서 죽었소.

모두, ─ 그대만 남고 ─ 모두 사라졌소.

그대 눈 속 신성한 빛 ─

치켜뜬 그대 눈 속 영혼만 남았소.

나는 그대 눈만 바라보았소 ─ 내게는 그 눈이 세상 전부였소.

나는 몇 시간이고 그대 눈만을 ─ 오직 그대 눈만을 바라보았소 ─

달이 질 때까지 오직 그대 눈만을 바라보았소.

그 천상의 수정구에 새겨져 있는 것처럼 보이던

너무나 열정적인 마음의 역사!

너무나 어두운 슬픔과 얼마나 숭고한 희망!

너무나 고요하고 차분한 자부심의 바다!

너무나 대단한 야심 그리고 너무나 깊은 ─

너무나 끝없는 사랑! ▸

But now, at length, dear Dian sank from sight,
Into a western couch of thunder-cloud;
And thou, a ghost, amid the entombing trees
Didst glide away. Only thine eyes remained;
They would not go — they never yet have gone;
Lighting my lonely pathway home that night,
They have not left me (as my hopes have) since;
They follow me — they lead me through the years.
They are my ministers — yet I their slave.
Their office is to illumine and enkindle —
My duty, to be saved by their bright light,
And purified in their electric fire,
And sanctified in their elysian fire.
They fill my soul with beauty (which is hope),
And are — far up in heaven — the stars I kneel to
In the sad, silent watches of my night; ▸▸

하지만 그때, 마침내 사랑스러운 여신 다이아나*는
서쪽 천둥 구름 속으로 사라져 버렸소.
그리고 그대는 무덤 모양의 둥근 나무들 사이로
유령처럼 미끄러져 사라졌소. 오직 그대 눈만 남았소.
그대 눈은 결코 가려 들지 않았소. 그대 눈은 아직도 남아
그날 밤 외로운 길을 비추어 주었고,
그 후에도 나를 떠나지 않았소(내가 바라는 대로).
날 따라온 그대 눈은 여러 해 동안 나를 인도하고 있소.
그대 눈은 나의 목사고 나는 노예요.
그대 눈은 날 비추고 내게 영감을 주오 —
내 의무는 밝은 그대 눈의 빛에서 구원받고,
그 전깃불에 정화되어,
천국의 불꽃 속에서 성스러워지는 것이오.
그대 눈은 아름다움(희망)으로 내 영혼을 채워주오.
나는 밤새도록 — 하늘 높은 곳에서 — 조용히
슬픔에 차 날 지켜주는 별들을 향해 무릎 꿇소. ▸▸

* 로마신화에 등장하는 달의 여신

While even in the meridian glare of day

I see them still — two sweetly scintillant Venuses,

unextinguished by the sun.

햇살 눈부신 한낮에도 여전히

그 별들을 보오 — 동이 터도 사라지지 않는

다정하게 반짝이는 두 개의 금성을 보오.

To Helen

"Helen, thy beauty is to me

Like those Nicean barks of yore,

That gently, o'er a perfumed sea,

The weary, way-worn wanderer bore

To his own native shore.

On desperate seas long wont to roam,

Thy hyacinth hair, thy classic face,

Thy Naiad airs have brought me home

To the glory that was Greece.

And the grandeur that was Rome.

Lo! in yon brilliant window-niche

How statue-like I see thee stand!

The agate lamp within thy hand, ▸▸

헬렌에게*

헬렌,** 내게 그대 아름다움은
피곤하고 지친 방랑자가
고향 해안으로 데려다주는
옛날 니케아의 배처럼,
향기로운 바다 위를 부드럽게 흘러가네.

오랫동안 절망적인 바다를 떠돌던 내가,
그대의 히아신스 같은 머리카락, 그대의 고전적인 얼굴,
그대의 나이아드*** 같은 자태를 보고
그리스의 영광을 깨달았네.
로마의 웅장함을 깨달았네.

보라! 찬란한 창문 벽감에
손에는 투명한 램프를 들고,
정녕 조각처럼 서 있는 그대 모습을! ▸▸

* 헬렌은 친구의 어머니인 제인 스태나드를 가리킨다.
** 트로이의 헬렌을 암시한다.
*** 그리스신화에 등장하는 물의 요정

99

Ah! Psyche from the regions which

Are Holy Land!"

아! 성스러운 땅에서 온

프시케*여!

Ulalume

A Ballad

The skies they were ashen and sober;
  The leaves they were crispéd and sere —
  The leaves they were withering and sere;
It was night in the lonesome October
  Of my most immemorial year;
It was hard by the dim lake of Auber,
  In the misty mid region of Weir —
It was down by the dank tarn of Auber,
  In the ghoul — haunted woodland of Weir.

Here once, through an alley Titanic
  Of cypress, I roamed with my Soul —
  Of cypress, with Psyche, my Soul.
These were days when my heart was volcanic
  As the scoriac rivers that roll —
  As the lavas that restlessly roll
Their sulphurous currents down Yaanek
  In the ultimate climes of the pole — ▸▸

울랄름

발라드

잿빛 하늘은 고요했다.

　나뭇잎이 바싹 말라 바스락댔다 —

　나뭇잎은 시들어 바싹 말라 있었다.

내 기억 속 가장 오래된

　10월 외로운 밤이었다.

안개 낀 위어 지방

　흐릿한 오버 호숫가였다 —

귀신이 들끓는 위어 지방 숲속,

　습기 찬 작은 오버 호숫가였다.

한때, 거대한 사이프러스로 덮인

　좁은 길을, 내 영혼과 함께 헤맸다 —

　사이프러스로 덮인 길을 내 영혼, 프시케와 함께, 헤맸다.

화산처럼 마음이 들끓던 시절이었다.

　마구 굴러떨어지는 화산암처럼 —

　불안하게 흘러내리는 용암처럼

유황 물결이 북극 끝 지방

　야넥산을 따라 흘러내렸다 — ▸▸

That groan as they roll down Mount Yaanek
  In the realms of the boreal pole.

Our talk had been serious and sober,
  But our thoughts they were palsied and sere —
  Our memories were treacherous and sere —
For we knew not the month was October,
  And we marked not the night of the year —
  (Ah, night of all nights in the year!)
We noted not the dim lake of Auber —
  (Though once we had journeyed down here) —
Remembered not the dank tarn of Auber,
  Nor the ghoul-haunted woodland of Weir.

And now, as the night was senescent
  And star-dials pointed to morn —
  As the star-dials hinted of morn —
At the end of our path a liquescent
  And nebulous lustre was born, ▸▸

신음하며 북극 끝 지방
    야넥산을 따라 흘러내렸다.

우리의 대화는 진지하고 차분했지만,
    우리의 생각은 마비되어 바싹 말라 있었다 —
    우리의 기억은 바싹 말라 믿을 수 없었다 —
우리는 그때가 10월인지 몰랐고,
    일 년 중 어떤 밤인지도 신경 쓰지 않았다 —
    (아, 일 년 중 가장 중요한 밤이었는데!)
우리는 흐릿한 오버 호수도 알아보지 못했다 —
    (여기까지 여행한 적이 있었는데도) —
귀신이 들끓는 위어 지방 숲도,
    습기 찬 오버 호수도 기억하지 못했다.

밤이 저물고
    별시계가 아침을 가리킬 때 —
    별시계가 아침이 온다는 신호를 보낼 때 —
길 끝에 촉촉한
    뿌연 빛이 보이기 시작했고, ▸▸

Out of which a miraculous crescent

   Arose with a duplicate horn —

Astarte's bediamonded crescent

   Distinct with its duplicate horn.

And I said — "She is warmer than Dian:

   She rolls through an ether of sighs,

   She revels in a region of sighs —

She has seen that the tears are not dry on

   These cheeks, where the worm never dies,

And has come past the stars of the Lion

   To point us the path to the skies —

   To the Lethean peace of the skies —

Come up, in despite of the Lion,

   To shine on us with her bright eyes —

Come up through the lair of the Lion,

   With love in her luminous eyes." ▸

그 뿌연 빛 가운데서 기적처럼

　뿔 모양 초승달이 솟았다 —

다이아몬드를 걸친 아스타르테의 뿔 모양 초승달이

　또렷하게 떠오르고 있었다.

내가 말했다. "저 여신은 다이아나보다 더 다정하군.

　그녀는 한숨으로 찬 대기를 헤치고 다니며 —

　한숨의 땅에서 즐거워하는군.

　벌레가 결코 죽지 않는 땅에서

　그녀 뺨의 눈물이 마르지 않을 것을 알고 있어.

그녀는 사자좌를 지나쳐 다가와

　우리에게 하늘로 가는 길을 가리키네 —

　레테°의 평화로 찬 하늘로 가는 길을 —

그녀는, 사자좌를 뚫고 다가와,

　빛나는 눈으로 우리를 비춰주고 있네 —

빛나는 눈동자에 사랑을 듬뿍 담고

　사자좌 우리를 뚫고 다가오네." ▸

●　망각의 강으로, 이 강의 물을 마시면 일체의 과거를 잊는다고 한다.

But Psyche, uplifting her finger,
  Said — "Sadly this star I mistrust —
  Her pallor I strangely mistrust —
Oh, hasten! — oh, let us not linger!
  Oh, fly! — let us fly! — for we must."
In terror she spoke, letting sink her
  Wings until they trailed in the dust —
In agony sobbed, letting sink her
  Plumes till they trailed in the dust —
  Till they sorrowfully trailed in the dust.

I replied — "This is nothing but dreaming:
  Let us on by this tremulous light!
  Let us bathe in this crystalline light! ▸▸

하지만 프시케*가 손가락을 쳐들고 말했다—

　"애석한 일이지만 난 이 별을 못 믿겠어요—

　이상하게 창백해 못 믿겠어요—

오, 서둘러요! — 오, 머무적거리지 말아요!

　오, 날아요! — 자 날아요! — 그래야만 해요."

프시케는 겁에 질려 말했다.

　땅에 날개를 질질 끌며—

고뇌에 차 말했다.

　날개를 늘어뜨린 채—

　슬프게 땅에 날개를 질질 끌며.

내가 대답했다—"그건 몽상일 뿐이오.

　반짝이는 이 빛을 따라가요!

　수정처럼 빛나는 이 빛을 흠뻑 받아들여요! ▸▸

•　영혼을 인격화한 인물로, 나비 날개를 단 미녀의 모습을 하고 있다.

Its sibyllic splendor is beaming

  With hope and in beauty to-night —

  See, it flickers up the sky through the night!

Ah, we safely may trust to its gleaming,

  And be sure it will lead us aright —

We safely may trust to a gleaming

  That cannot but guide us aright,

  Since it flickers up to Heaven through the night."

Thus I pacified Psyche and kissed her,

  And tempted her out of her gloom —

  And conquered her scruples and gloom;

And we passed to the end of the vista,

  But were stopped by the door of a tomb —

  By the door of a legended tomb;

And I said — "What is written, sweet sister,

  On the door of this legended tomb?"

  She replied — "Ulalume — Ulalume —

  'T is the vault of thy lost Ulalume!" ‣

오늘 밤 예언의 별빛이 희망에 차

　　아름답게 빛나고 있소!

　　보시오! 밤새도록 하늘에서 반짝이고 있소—

아, 안심하고 그 빛을 믿어도 괜찮소.

　　틀림없이 우리를 옳은 길로 인도할 거요—

안심하고 그 빛을 믿어도 괜찮소.

　　밤새도록 천국을 향해 반짝이고 있으니,

　　우리를 옳은 길로 인도할 거요.”

나는 이렇게 프시케를 위로하며 키스했고,

　　우울해하지 말라고 달랬다—

　　그녀는 더 이상 망설이지도 우울하지도 않았다.

우리는 지평선 끝까지 나아갔으나,

　　무덤 문 앞에서 멈췄다—

　　전설적인 무덤 문 앞에.

나는 말했다. “다정한 누이여,

　　이 전설적인 무덤 문에 뭐라고 쓰여 있소?”

　　그녀가 대답했다. “울랄름, 울랄름.

　　죽은 그대의 울랄름이 묻힌 무덤이에요!” ▸

Then my heart it grew ashen and sober

As the leaves that were crisped and sere —

As the leaves that were withering and sere,

And I cried — "It was surely October

On this very night of last year

That I journeyed — I journeyed down here —

That I brought a dread burden down here —

On this night of all nights in the year,

Ah, what demon has tempted me here?

Well I know, now, this dim lake of Auber —

This misty mid region of Weir —

Well I know, now, this dank tarn of Auber —

This ghoul-haunted woodland of Weir."

Said we, then — the two, then — "Ah, can it

Have been that the woodlandish ghouls —

The pitiful, the merciful ghouls —

To bar up our way and to ban it

From the secret that lies in these wolds — ▸▸

그러자 내 심장은 정말 잿빛이 되었다.

  바싹 말라 바스락대는 나뭇잎처럼 ㅡ

  바싹 말라 시든 나뭇잎처럼,

나는 외쳤다, "틀림없이 작년 10월

  바로 오늘 밤에

  여행했소. 바로 여기로 ㅡ

  일 년 중 바로 작년의 오늘 밤에,

  두려운 짐을 지고 여기까지 왔었소 ㅡ

  아, 어떤 악마가 나를 여기로 유혹했지?

자, 이제 이 흐릿한 오버 호수를,

  이 안개 낀 중부 위어 지방을 알겠소 ㅡ

자, 이제, 귀신이 들끓는 위어 지방 숲

  습기 찬 작은 오버 호수를 알겠소. ㅡ"

그 뒤 우리는 ㅡ 우리 둘은 ㅡ 말했다, "아,

  숲속의 귀신이 ㅡ

  자비심 많은 불쌍한 귀신이 ㅡ

우리 길을 막고

  이 숲의 비밀을 ㅡ ▸▸

From the thing that lies hidden in these wolds —

Had drawn up the spectre of a planet

From the limbo of lunary souls —

This sinfully scintillant planet

From the Hell of the planetary souls?"

이 고원에 숨겨진 것을 못 보게 하려고 —
어두운 영혼들이 사는 지옥의 변방에서 —
　지상의 망령을 끌어낸 건가?
지옥에서 지상의 영혼들을
　죄로 번득이는 이 지상으로 끌어낸 건가?"

Serenade

So sweet the hour, so calm the time,

I feel it more than half a crime,

When Nature sleeps and stars are mute,

To mar the silence ev'n with lute.

At rest on ocean's brilliant dyes

An image of Elysium lies:

Seven Pleiades entranced in Heaven,

Form in the deep another seven:

Endymion nodding from above

Sees in the sea a second love.

Within the valleys dim and brown,

And on the spectral mountain's crown,

The wearied light is lying down,

The earth, and stars, and sea, and sky ▸▸

세레나데

아주 달콤한 시간, 아주 차분한 시간,
자연은 잠들고 별들도 고요한 시간,
류트로 침묵을 깨는 것도
반쯤 죄로 느껴지는 시간이오.
찬란하게 물든 바다 위에
누워 쉬고 있는 엘리시움*이 보이오.
하늘에 솟아난 플레이아데스의** 일곱 개 별,
바다에 또 다른 일곱 개 별을 만들고
천상에서 엔디미온***도 고개를 끄덕이며
바다에 뜬 두 번째 사랑을 보고 있소.
어두운 갈색 계곡 속으로,
유령의 왕관 같은 산꼭대기로 사라지고 있소.
지친 빛은 눕고 있는 중이고,
대지와 별, 바다와 하늘은 ▸▸

* 영웅·선인(善人)이 사후에 가는 낙원
** 그리스신화에 나오는 아틀라스와 플레이오네 사이에서 태어난 자매들로, 오
리온에게 쫓기다 모두 별자리가 되어 플레이아데스 성단을 이루었다.
*** 달의 여신 셀레네의 사랑을 받은 목동

Are redolent of sleep, as I

Am redolent of thee and thine

Enthralling love, my Adeline.

But list, O list! — so soft and low

Thy lover's voice to night shall flow,

That, scarce awake, thy soul shall deem

My words the music of a dream.

Thus, while no single sound too rude,

Upon thy slumber shall intrude,

Our thoughts, our souls — O God above!

In every deed shall mingle, love.

잠에 취해 있소.

애덜린이여, 내가 그대와

그대의 황홀한 사랑에 취해 있는 것처럼 잠에 취해 있소.

하지만 들어보시오, 오 들어보시오! — 아주 부드럽게 속삭이는

연인의 목소리가 밤에 흐르면,

반쯤 졸린 그대 영혼은

내 말을 꿈결에 들리는 음악으로 여길 거요.

이렇게, 그대 잠 속으로 내 소리가 하나하나

살며시 스며들어

모든 행동 속에 우리 생각이,

우리 영혼이 — 오 신이시여! — 섞일 거요, 사랑하는 이여.

Eldorado

Gayly bedight,

A gallant knight,

In sunshine and in shadow,

Had journeyed long,

Singing a song,

In search of Eldorado.

But he grew old —

This knight so bold —

And o'er his heart a shadow

Fell as he found

No spot of ground

That looked like Eldorado.

And, as his strength

Failed him at length,

He met a pilgrim shadow —

"Shadow," said he,

"Where can it be — ▸▸

엘도라도

화려하게 차려입은,
용감한 기사가,
노래하며
햇살 속을 혹은 그늘을 지나
엘도라도로
긴 여행을 떠났다.

하지만 그 용감한 기사도—
늙어버렸다—
엘도라도 같은
땅을 찾지 못하자
그의 마음에
그림자가 드리워졌다.

마침내 그는
쇠약해졌고 그때,
순례자의 그림자를 만났다—
그가 말했다, "그림자여,
엘도라도라는 땅은— ▸

This land of Eldorado?"

"Over the Mountains

Of the Moon,

Down the Valley of the Shadow,

Ride, boldly ride,"

The shade replied, —

"If you seek for Eldorado!"

어디에 있냐?"

"달의
산을 넘어,
그림자 계곡을 내려가
달리세요, 용감하게 달리세요,"
그림자의 대답이었다—
"엘도라도를 찾고 싶다면!"

To One in Paradise

Thou wast all that to me, love,
  For which my soul did pine —
A green isle in the sea, love,
  A fountain and a shrine,
All wreathed with fairy fruits and flowers,
  And all the flowers were mine.

Ah, dream too bright to last!
  Ah, starry Hope, that didst arise
But to be overcast!
  A voice from out the Future cries,
"On! on!" — but o'er the Past
  (Dim gulf!) my spirit hovering lies
Mute, motionless, aghast!

For, alas! alas! with me
  The light of Life is o'er!
    "No more — no more — no more —"
  (Such language holds the solemn sea ▸▸

천국에 있는 사람에게

내 영혼이 그리워하던
  내 모두인 그대, 내 사랑이여 —
바다의 푸른 섬이었소, 내 사랑이여,
  온통 꽃과 열매로 장식된,
요정 나라의 신전과 샘이었소,
  모두 내가 바친 꽃이었소.

아, 너무 빛나서 지속될 수 없는 꿈이여!
  아, 별 같은 희망이여!
떠올라도 곧 구름에 가려지는 희망이여!
  미래에서 들려오는 목소리는 외친다,
"계속 가라! 계속 가라!" — 하지만 내 영혼은
  과거(어두운 심연)에 서성이며
겁에 질려 꼼짝도 못하오!

슬프다! 슬프다! 내게는
  생명의 빛이 꺼졌다!
  "더 이상 — 더 이상 — 더 이상 없다. —"
번개 맞은 나무는 꽃을 피우지 못하고, ▸▸

To the sands upon the shore)
Shall bloom the thunder-blasted tree,
  Or the stricken eagle soar!

And all my days are trances,
  And all my nightly dreams
Are where thy gray eye glances,
  And where thy footstep gleams —
In what ethereal dances,
  By what eternal streams.

번개 맞은 독수리는 날지 못하리라!
(엄숙한 바다가 해변의
　모래에게 하는 말이다).

낮이면 늘 반쯤 잠들어 있고,
　밤이면 늘 나를 바라보는
그대의 검은 눈을 꿈꾸고,
　꿈속 그대는 영원의 시냇가에서
사뿐사뿐 발걸음을 옮기며 —
　천상의 춤을 춘다.

The Valley of Unrest

Once it smiled a silent dell

Where the people did not dwell;

They had gone unto the wars,

Trusting to the mild-eyed stars,

Nightly, from their azure towers,

To keep watch above the flowers,

In the midst of which all day

The red sunlight lazily lay.

Now each visitor shall confess

The sad valley's restlessness.

Nothing there is motionless —

Nothing save the airs that brood

Over the magic solitude.

Ah, by no wind are stirred those trees

That palpitate like the chill seas

Around the misty Hebrides!

Ah, by no wind those clouds are driven ▸▸

불안의 계곡

옛날 옛적에 인적 없는 고요한
계곡이 미소를 지었다.
사람들은 온화하게 내려다보는 별에게,
계곡을 맡기고 전쟁터로 갔고,
밤이면 별들은 푸른 탑에서,
꽃들을 내려다보며 지켰고,
붉은 햇빛은 게으름을 피우며
하루 종일 꽃 사이에 누워 있었다.
이제는 이곳을 방문하는 사람마다
슬픈 계곡의 불안을 고백할 것이다.
마법의 고독 위에
머무는 대기를 제외하면
모든 것이 움직였다 —
안개 낀 헤브리디스 제도*의
차가운 파도처럼 떨고 있는
저 나무들은 결코 바람에 흔들리는 게 아니다!
아, 아침부터 밤까지, 불안해하며, ▸▸

---

* 스코틀랜드 북서쪽에 있는 열도(列島).

That rustle through the unquiet Heaven

Uneasily, from morn till even,

Over the violets there that lie

In myriad types of the human eye —

Over the lilies there that wave

And weep above a nameless grave!

They wave: — from out their fragrant tops

Eternal dews come down in drops.

They weep: — from off their delicate stems

Perennial, tears descend in gems.

누워 있는 수많은 바이올렛 위로
소란스러운 하늘을 헤치고 떠다니는 저 구름
이름 없는 사람의 무덤에 핀
흔들리며 우는 백합들 위로 떠다니는
다양한 인간의 눈 모양을 한 저 구름은 ―
결코 바람에 휩쓸린 게 아니다!
백합이 흔들리자 ― 향기로운 꽃에서
이슬방울이 영원히 뚝뚝 떨어진다.
백합이 울자 ― 섬세한 줄기에서
영원히, 보석 같은 눈물이 떨어진다.

The Happiest Day, the Happiest Hour

The happiest day — the happiest hour
My seared and blighted heart hath known,
The highest hope of pride and power,
I feel hath flown.

Of power! said I? Yes! such I ween;
But they have vanished long, alas!
The visions of my youth have been —
But let them pass.

And pride, what have I now with thee?
Another brow may ev'n inherit
The venom thou hast poured on me —
Be still my spirit!

The happiest day — the happiest hour
Mine eyes shall see — have ever seen,
The brightest glance of pride and power,
I feel — have been: ›

가장 행복한 날, 가장 행복한 시간

타버린 황폐한 내 마음이 아는
가장 행복한 날 ― 가장 행복한 시간,
자부심과 힘에 찬 드높은 희망이,
날아가 버렸다.

힘이라고 했나? 그래! 그런 생각을 했지.
하지만 희망은 사라진 지 오래다, 아!
젊은 날에는 그런 비전이 있었지만 ―
이제 떠나게 내버려두자.

자부심이여, 이제 너와 내가 무슨 상관이 있는가?
그대가 내게 퍼부었던 독은
다른 사람이 물려받을 것이다 ―
정신이여, 이제 고요해지거라!

가장 행복한 날 ― 가장 행복한 시간을
보게 될 것이다 ― 여지껏 본 시간 중,
자부심과 힘이 가장 빛나던 시간,
지금도 ― 느끼는 그 시간을. ▸

But were that hope of pride and power

Now offered with the pain

Ev'n then I felt — that brightest hour

I would not live again:

For on its wing was dark alloy.

And as it fluttered — fell

An essence — powerful to destroy

A soul that knew it well.

하지만 자부심과 힘의 희망이
생긴다 해도
그 당시의 고통도 함께 온다면
다시는 그 빛나는 시간을 살지 않으리라.

시간의 날개에는 검은 불순물이 있으니.
날개를 펄럭일 때마다 ― 독이 든 물약이
떨어져 시간을 잘 아는 사람을
파멸시킨다.

THE LAKE

TO —

In spring of youth it was my lot
To haunt of the wide earth a spot
The which I could not love the less —
So lively was the loneliness
Of a wild lake, with black rock bound,
And the tall pines that tower'd around.

But when the Night had thrown her pall
Upon that spot, as upon all,
And the mystic wind went by
Murmuring in melody —
Then — ah then I would awake
To the terror of the lone lake.

Yet that terror was not fright,
But a tremulous delight —
A feeling not the jewelled mine
Could teach or bribe me to define — ▸▸

호수
— 에게

젊은 시절 봄이 오면 늘
드넓은 지상에서 가장 사랑하는
장소를 찾아가곤 했죠—
주위에 검은 바위가 있고
탑처럼 큰 소나무가 내려다보고 있는,
거친 외로운 호수는 너무나 아름다웠죠.

온 세상에, 그리고 그 호수에도
밤의 장막이 드리우고,
신비한 바람이
속삭이듯 노래하며 스쳐 가면—
그럴 때면— 아 그럴 때면
외로운 호수에서 공포를 느꼈죠.

그 공포는 두려움이 아니라,
떨리는 기쁨이었어요—
보석 광산이 알려줄 수도
그런 뇌물을 받아도 정의할 수 없는 감정— ▸▸

Nor Love — although the Love were thine.

Death was in that poisonous wave,
And in its gulf a fitting grave
For him who thence could solace bring
To his lone imagining —
Whose solitary soul could make
An Eden of that dim lake.

"사랑"은 아니었어요 — 당신의 사랑도 아니었어요.

독이 든 물결 속에 죽음이 도사리고 있었고,
적합한 무덤이 심연에 있었어요.
심연에서 외로운 상상을 하며
위안받을 수 있는 사람에게 적합한 무덤 —
그 어두운 호수를 천국으로 만들 수 있는
사람에게 적합한 무덤이 있었어요.

Alone

From childhood's hour I have not been

As others were — I have not seen

As others saw — I could not bring

My passions from a common spring —

From the same source I have not taken

My sorrow — I could not awaken

My heart to joy at the same tone —

And all I lov'd — I lov'd alone —

Then — in my childhood — in the dawn

Of a most stormy life — was drawn

From ev'ry depth of good and ill

The mystery which binds me still —

From the torrent, or the fountain —

From the red cliff of the mountain —

From the sun that 'round me roll'd

In its autumn tint of gold —

From the lightning in the sky

As it pass'd me flying by —

From the thunder, and the storm — ▸▸

혼자

어린 시절부터 나는 다른 사람과

같지 않았어요 ─ 다른 사람과

다르게 보았고 ─ 모두가 열정을 긷는 샘에서

열정을 긷지 못했어요 ─

다른 사람들과 같은 일로

슬퍼할 수 없었어요 ─ 같은 노래를 들어도

다른 사람들처럼 기뻐할 수 없었어요 ─

내가 사랑한 것은 모두 ─ 나 혼자만 사랑했어요 ─

그때 ─ 내 어린 시절에 ─ 인생의 폭풍 노도가

밀어치기 시작할 무렵 ─ 극심한

선악 가운데서 지금까지 날 사로잡고 있는

신비를 끌어냈죠 ─

샘이나 급류에서 ─

산속 붉은 절벽에서 ─

황금색 가을에

내 주위를 돌던 태양에서 ─

내 옆을 스쳐 가던

하늘의 번개에서 ─

천둥과 폭풍에서 ─ ▸▸

And the cloud that took the form

(When the rest of Heaven was blue)

Of a demon in my view —

악마 형상을 한

(온통 파란 하늘 가운데 있는)

구름에서 신비를 끌어냈죠 —

Fairy-Land

Dim vales — and shadowy floods —

And cloudy-looking woods,

Whose forms we can't discover

For the tears that drip all over:

Huge moons there wax and wane —

Again — again — again —

Every moment of the night —

Forever changing places —

And they put out the star-light

With the breath from their pale faces.

About twelve by the moon-dial,

One more filmy than the rest

(A kind which, upon trial,

They have found to be the best)

Comes down — still down — and down

With its centre on the crown

Of a mountain's eminence,

While its wide circumference

In easy drapery falls ▸▸

요정의 나라

어두운 계곡 — 그늘진 계곡물 —
구름 모양의 숲,
사방에서 떨어지는 눈물에 뒤덮여
형체를 알 수 없는 곳.
그곳에서 거대한 달이 커졌다 작아진다 —
밤에 시시각각 —
자리를 바꿔가며 —
다시 — 다시 — 다시 —
창백한 얼굴을 한 달은
달시계로 12시가 되면
별을 훅 불어 꺼뜨린다.
엷은 막에 싸여 가장 뿌연 달이
(최고의 달로
판정받은 그런 달이)
아래로 — 더 아래로 — 더 아래로 내려온다.
달은 산 정상
한가운데 앉아
마을 위로, 홀 위로,
주위에 아주 넓게 ▸▸

Over hamlets, over halls,

Wherever they may be —

O'er the strange woods — o'er the sea —

Over spirits on the wing —

Over every drowsy thing —

And buries them up quite

In a labyrinth of light —

And then, how, deep! — O, deep,

Is the passion of their sleep.

In the morning they arise,

And their moony covering

Is soaring in the skies,

With the tempests as they toss,

Like — almost any thing —

Or a yellow Albatross.

They use that moon no more

For the same end as before,

Videlicet, a tent —

Which I think extravagant: ▸▸

모든 곳에 ─

그 빛나는 휘장을 늘어뜨린다.

어느 곳이든 모두 ─

낯선 숲 위로 ─ 바다 위로 ─

날개 단 요정 위로 ─

졸고 있는 모든 사물 위로 늘어뜨려 ─

온 세상이

빛의 미로에 묻혀버린다 ─

그러면 온 세상이 아주 깊이!

깊이 ─ 곯아떨어진다.

아침이면 모두 깨어나고

달의 휘장은

폭풍에 휘말려,

거의 다른 것과 ─ 마찬가지로 ─

혹은 노란 알바트로스처럼 하늘로 올라간다.

모두 더 이상 달을

예전 용도,

내가 사치스럽다고 생각한 용도,

즉, 휘장으로 사용하지 않는다 ─ ▸▸

Its atomies, however,

Into a shower dissever,

Of which those butterflies

Of Earth, who seek the skies,

And so come down again

(Never — contented things!)

Have brought a specimen

Upon their quivering wings.

하지만, 달의 원자들이
부서져 쏟아지고,
하늘로 올라갔다가
다시 지상으로 내려오는
나비들은
(결코 만족을 모르는 나비들!)
떨리는 날개에
달의 원자를 싣고 내려온다.

The Haunted Palace

In the greenest of our valleys
By good angels tenanted,
Once a fair and stately palace —
Radiant palace — reared its head.
In the monarch Thought's dominion,
It stood there!
Never seraph spread a pinion
Over fabric half so fair!

Banners yellow, glorious, golden,
On its roof did float and flow
(This — all this — was in the olden
Time long ago)
And every gentle air that dallied,
In that sweet day,
Along the ramparts plumed and pallid,
A wingèd odor went away. ‣

유령의 궁전

옛날 옛적 아주 녹음 짙은 계곡에
착한 천사들이 살고 있었네.
거기에 아름답고 장엄한 궁전,
찬란한 궁전이 ― 서 있었네.
사유 왕이 지배하는 궁전이
거기 있었네!
날개 달린 천사가 사는 궁전도
이 궁전의 반만큼도 아름답지 않았네!

그 지붕 위에는 장엄한, 황금색,
노란 깃발이 펄럭였네.
(이것 ― 이 모두 ―
옛날 옛적 일이라네)
그 달콤한 시절에,
잡초 우거진 창백한 성벽을 따라,
장난치던 산들바람도,
향기로운 날갯짓도 사라져 버렸네. ▸

Wanderers in that happy valley,

Through two luminous windows, saw

Spirits moving musically

To a lute's well — tunèd law,

Round about a throne where, sitting,

Porphyrogene!

In state his glory well befitting,

The ruler of the realm was seen.

And all with pearl and ruby glowing

Was the fair palace door,

Through which came flowing, flowing, flowing

And sparkling evermore,

A troop of Echoes, whose sweet duty

Was but to sing,

In voices of surpassing beauty,

The wit and wisdom of their king. ▸

이 행복한 계곡을 헤매던 사람들은,
환하게 불 켜진 두 창문에서 요정들,
왕으로 태어난
그가 앉은 왕좌 주위를
전통적인 류트 음악에 맞추어,
움직이는 요정들을 보았네!
영광스러운 지위에 어울리는
그 지방 왕을 보았다네.

아름다운 궁전 문에는
온통 빛나는 진주나 루비가 박혀 있었고,
그 문으로 반짝이는 메아리 요정
한 무리가 흘러나오고, 또 흘러나오고, 또 흘러나왔네.
메아리 요정의 의무는
가장 아름다운 목소리로
왕의 재치와 지혜를
노래하는 것뿐이었네. ▸

But evil things, in robes of sorrow,

Assailed the monarch's high estate;

(Ah, let us mourn! — for never morrow

Shall dawn upon him, desolate!)

And round about his home the glory

That blushed and bloomed

Is but a dim — remembered story

Of the old time entombed.

And travellers, now, within that valley,

Through the red-litten windows see

Vast forms that move fantastically

To a discordant melody;

While, like a ghastly rapid river,

Through the pale door

A hideous throng rush out forever,

And laugh — but smile no more.

슬픔을 걸친 사악한 요정들이,

지체 높은 왕을 공격했다네.

(아, 우리 모두 애도하자! ― 버림받은 왕에게는

내일이 없을 테니!)

궁전 주위에 붉게 피어나

왕의 영광을 찬양하던 꽃은

옛 무덤에 묻혀 있는

희미한 ― 기억 속 이야기일 뿐.

이제, 그 계곡에 들어선 여행자는

붉은 불빛이 새어 나오는 창문에서

거대한 형체들이 불협화음의 곡조에 맞추어

기괴하게 움직이는 모습을 보네.

창백한 문을 통해

무서운 강의 급류처럼

흉측한 무리가 영원히 쏟아져 나오네

그들은 웃지만 ― 더 이상 미소 짓지 않네.

To My Mother

Because I feel that, in the Heavens above,
  The angels, whispering to one another,
Can find among their burning terms of love —
  None so devotional as that of "Mother,"
Therefore by that dear name I long have called you —
  You who are more than mother unto me,
And fill my heart of hearts where Death installed you
  In setting my Virginia's spirit free.
My mother, my own mother, who died early,
  Was but the mother of myself; but you
Are mother to the one I loved so dearly,
  And thus are dearer than the mother I knew
By that infinity with which my wife
Was dearer to my soul than its soul-life.

어머니께*

하늘나라 천사들이
    서로에게 속삭이는 불타는 사랑의 단어 중
"어머니"라는 단어가
    가장 신성한 단어임을 알게 되었습니다 —
그래서 오랫동안 당신을 어머니라고 불렀습니다.
    제게 당신은 어머니 이상이시며,
죽음은 버지니아**의 영혼을 해방시키며
    당신을 심어주어서 제 마음은 당신으로 가득 찼습니다.
어머니, 저를 낳으신 어머니는 일찍 돌아가셨고,
    저만의 어머니십니다. 하지만 당신은
제가 깊이 사랑한 아내의 어머니시라
    제 어머니보다 더 소중하십니다.
제 영혼보다 아내가 소중했던 만큼
당신 역시 영원히 소중합니다.

- 포의 숙모이자 장모인 마리아 클렘을 가리킨다.
- 포의 아내로, 포와 13살 때 결혼해서 24살에 사망했다.

A Dream

In visions of the dark night
I have dreamed of joy departed —
But a waking dream of life and light
Hath left me broken-hearted.

Ah! what is not a dream by day
To him whose eyes are cast
On things around him with a ray
Turned back upon the past?

That holy dream — that holy dream,
While all the world were chiding,
Hath cheered me as a lovely beam
A lonely spirit guiding.

What though that light, thro' storm and night,
So trembled from afar —
What could there be more purely bright
In Truth's day-star?

꿈

어두운 밤 환상 속에서
기쁨이 떠나는 꿈을 꾸었다 —
하지만 생명과 빛의 백일몽에
너무 마음이 아팠다.

아! 주위 사물을
과거의 관점에서 보는 사람에게
낮에 보이는 게 무엇인들
꿈이 아니겠는가?

세상 사람들 모두 나를 비난할 때도
그 성스러운 꿈 — 그 성스러운 꿈이
사랑의 빛으로 내 외로운 영혼을
인도하고 용기를 북돋아 주었다.

그 빛이 저 멀리서
폭풍우 치는 밤을 뚫고 떨며 다가왔다 —
진실이라는 태양 속에서
이보다 더 순수하게 빛나는 게 있을 수 있을까?

Evening Star

'Twas noontide of summer,
  And mid-time of night;
And stars, in their orbits,
  Shone pale, thro' the light
Of the brighter, cold moon,
  'Mid planets her slaves,
Herself in the Heavens,
  Her beam on the waves.
    I gazed awhile
    On her cold smile;
Too cold — too cold for me —
  There pass'd, as a shroud,
  A fleecy cloud,
And I turned away to thee,
  Proud Evening Star,
  In thy glory afar,
And dearer thy beam shall be;
  For joy to my heart
  Is the proud part ▸▸

저녁별

한 여름날
　깊은 밤이었다.
더 밝지만, 차가운 달빛을 뚫고
　창백한 빛을 뿜으며
별들이 돌고 있었다.
　하늘의 달은
노예인 별들에 둘러싸여
　파도를 비추고 있었다.
　나는 한동안
　달의 차가운 미소를 바라보았다.
그 미소는 너무 차가웠다 — 내게는 너무 차가웠다.
　달을 감싸고 있던
　양털 구름이 스쳐 갔다.
나는 그대에게,
　저 멀리서 영광에 휩싸인
　당당한 저녁별에게 눈을 돌렸다.
그대의 빛은 더 소중하다.
　밤하늘에서 당당하게
　빛나는 그대로 인해 ▸▸

Thou bearest in Heaven at night,

  And more I admire

  Thy distant fire,

Than that colder, lowly light.

내 마음은 기쁨으로 넘쳤다.
　더 차가운 천박한 빛보다
　멀리서 타오르는 그대의 빛을
더욱더 찬양한다.

TO F—— s S. O—— d

Thou wouldst be loved? — then let thy heart
  From its present pathway part not!
Being everything which now thou art,
  Be nothing which thou art not.
So with the world thy gentle ways,
  Thy grace, thy more than beauty,
Shall be an endless theme of praise,
  And love — a simple duty.

F—— s S. O—— d에게[*]

그대 사랑받고 싶은가요? — 그러면 그대 마음이
　　현재의 오솔길을 벗어나지 않도록 하시오!
그대 지금 완벽하니
　　다른 사람이 되려고 하지 마시오.
그러면 세상 사람들이 그대의 온유한 태도,
　　우아함, 비길 데 없는 아름다움을
끝없이 칭송할 거요.
　　그대를 사랑하는 일이 — 유일한 의무가 될 거요.

• 　프랜시스 사전트 오스굿(Frances Sargent Osgood)을 가리킨다.

To F

Beloved! amid the earnest woes
    That crowd around my earthly path —
(Drear path, alas! where grows
Not even one lonely rose) —
  My soul at least a solace hath
    In dreams of thee, and there in Knows
An Eden of bland repose.

And thus thy memory is to me
    Like some enchanted far-off isle
In some tumultuous sea —
Some ocean throbbing far and free
  With storms — but where meanwhile
   Serenest skies continually
  Just o'er that one bright island smile.

F에게

사랑하는 이여! 내가 걷는 지상의 길
  (아, 장미 한 송이마저
피어 있지 않은 쓸쓸한 길) ─
가득 메운 진한 슬픔 속에서도─
  그대 꿈을 꾸면
   적어도 영혼은 위로받습니다.
평안한 휴식이 있는 에덴으로.

이처럼 그대 기억은 내게
  격렬하게 파도가 일렁이는 바다
저 멀리 있는 마법의 섬 같습니다─
폭풍이 불어
 아무리 파도가 밀려와도
  그 눈부신 섬 위에는
항상 가장 고요한 하늘이 미소 짓고 있습니다.

Bridal Ballad

The ring is on my hand,
And the wreath is on my brow;
Satin and jewels grand
Are all at my command,
And I am happy now.

And my lord he loves me well;
But, when first he breathed his vow,
I felt my bosom swell —
For the words rang as a knell,
And the voice seemed his who fell
In the battle down the dell,
And who is happy now.

But he spoke to re-assure me,
And he kissed my pallid brow,
While a reverie came o'er me,
And to the church-yard bore me,
And I sighed to him before me, ▸▸

결혼식 발라드

손에는 반지를 끼고
이마에는 화환을 얹었어요.
새틴 옷과 화려한 보석으로
한껏 장식했어요.
지금 나는 행복해요.

날 몹시 사랑하는 신랑이 있어요.
그가 처음 서약을 속삭일 때
제 가슴이 부풀어 올랐어요—
그의 말은 조종처럼 울렸고,
그의 목소리는 마치 계곡 아래 전투에서,
쓰러진 사람 목소리 같았어요.
지금 그는 행복해요.

하지만 그는 안심하라며
내 창백한 이마에 입 맞추었어요.
내게 환영이 다가오더니,
교회 묘지로 데리고 갔고,
나는 그 환영이 죽은 델로미라고 여기고, ▸▸

Thinking him dead D'Elormie,

"Oh, I am happy now!"

And thus the words were spoken,

And this the plighted vow,

And, though my faith be broken,

And, though my heart be broken,

Here is a ring, as token

That I am happy now!

Would God I could awaken!

For I dream I know not how!

And my soul is sorely shaken

Lest an evil step be taken, —

Lest the dead who is forsaken

May not be happy now.

한숨 쉬며 말했어요.
"오, 지금 나는 행복해요!"

이렇게 말하고
난감한 결혼 서약을 했는데,
내 서약은 깨졌고,
마음은 아프지만,
금반지가 여기 있어요.
내가 얼마나 행복한지 보여주는 징표가!

신이시여, 깨워주소서!
나는 뭔지 모를 꿈을 꾸고 있어요!
지금 내 영혼이 몹시 떨고 있사오니,
악령에 사로잡혀 발을 내딛지 않게 해주시고,
이제 버림받은 죽은 이를
행복하게 해주소서.

Dream-Land

By a route obscure and lonely,

Haunted by ill angels only,

Where an Eidolon, named Night,

On a black throne reigns upright,

I have reached these lands but newly

From an ultimate dim Thule —

   From a wild weird clime that lieth, sublime,

      Out of Space — Out of Time.

Bottomless vales and boundless floods,

And chasms and caves and Titan woods,

With forms that no man can discover

For the tears that drip all over;

Mountains toppling evermore

Into seas without a shore;

Seas that restlessly aspire,

Surging, unto skies of fire;

Lakes that endlessly outspread

Their lone waters — lone and dead, — ▸▸

꿈나라

어두운 북극 끝에서 —
시간을 벗어나고 — 공간을 벗어난
거칠고 숭고한 기이한 나라에서 왔다.
사악한 천사들만 다니는,
어둡고 쓸쓸한 길을 지나,
밤이라는 이름의 유령이
검은 왕좌에 꼿꼿이 앉아 지배하는 나라,
이제 막 이 나라에 도착했다.

바닥이 보이지 않는 계곡과 끝없이 넘치는 물,
바위틈과 동굴과 거대한 숲,
사방에서 흘러내리는 이슬 때문에
도저히 알 길 없는 형체들로 차 있었다.
해안 없는 바다로 끊임없이
산들이 무너져 내렸다.
바다는 갈망에 차 쉴 새 없이
하늘로 솟구쳤다.
호수는 축 늘어진 백합에 쌓인 눈과 함께
고독한 물 — 죽은 고독한 물 ▸▸

173

Their still waters, still and chilly
With the snows of the lolling lily.

By the lakes that thus outspread
Their lone waters, lone and dead, —
Their sad waters, sad and chilly
With the snows of the lolling lily —
By the mountains — near the river
Murmuring lowly, murmuring ever —
By the gray woods, by the swamp
Where the toad and the newt encamp —
By the dismal tarns and pools
   Where dwell the Ghouls —
By each spot the most unholy —
In each nook most melancholy, —
There the traveller meets aghast,
Sheeted Memories of the Past —
Shrouded forms that start and sigh
As they pass the wanderer by — ▸▸

고요한 물, 차갑고 고요한 물을
사방으로 내보냈다.

축 늘어진 백합에 쌓인 눈과 함께
고독한 물, 죽은 고독한 물, ─
고요한 물, 차갑고 고요한 물을
사방으로 내보내는 호숫가에서, ─
나지막이 속삭이는 영원히 속삭이는
강이 흐르는─산속에서, ─
회색 숲가에서
두꺼비와 도롱뇽이 사는 늪에서, ─
악귀들이 사는
음침한 웅덩이와 연못에서, ─
가장 성스럽지 못한 모든 곳에서 ─
가장 우울한 모든 모퉁이에서,
여행자는 숨겨진
과거의 기억을 만나, 경악한다.
갑자기 수의 걸친 형체들이 나타나
한숨을 쉬며 여행자 옆을 지나간다─ ▸▸

White — robed forms of friends long given,
In agony, to the Earth — and Heaven.

For the heart whose woes are legion
'T is a peaceful, soothing region —
For the spirit that walks in shadow
'T is — oh, 't is an Eldorado!
But the traveller, travelling through it,
May not — dare not openly view it;
Never its mysteries are exposed
To the weak human eye unclosed;
So wills its King, who hath forbid
The uplifting of the fringéd lid;
And thus the sad Soul that here passes
Beholds it but through darkened glasses. ▸

흰 수의를 걸친 친구들이
지상에—하늘에—고통을 호소한다.

진한 슬픔의 훈장을 단 사람에게
이곳은 위안을 주는 평화의 땅이다.
그림자로 걷는 영혼에게
이곳은—아, 이곳은 엘도라도다!
하지만 이곳의 여행자는
똑바로 보지 못할 것이다—볼 용기가 없을 것이다.
이곳의 신비는 결코
나약한 인간의 눈에 드러나지 않으리라.
눈을 뜨지 말라고 명령한
이 나라 왕도 드러나지 않으리라.
그래서 이곳을 지나는 슬픈 영혼은
어두운 안경을 통해서만 볼 뿐. ▸

By a route obscure and lonely,

Haunted by ill angels only,

Where an Eidolon, named NIGHT,

On a black throne reigns upright,

I have wandered home but newly

From this ultimate dim Thule.

어두운 북극 끝에서
사악한 천사들만 다니는
어둡고 쓸쓸한 길을 지나,
밤이라는 이름의 유령이
검은 왕좌에 꼿꼿이 앉아 지배하는 나라를 지나,
이제 막 고향에 도착했다.

해설

죽음 충동과 주이상스

조애리

1. 에드거 앨런 포의 생애와 문학적 맥락

에드거 앨런 포(Edgar Allan Poe)는 1809년 1월 19일 보스턴에서 에드거 포로 태어났다. 어머니는 영국 배우인 엘리자베스 아놀드 포(Elizabeth Arnold Poe)였고 아버지는 볼티모어 출신 배우인 데이비드 포 주니어(David Poe Jr.)였다. 아버지는 포가 태어난 지 얼마 안 되어 가족을 버리고 떠났다. 포의 어머니는 그가 겨우 2살일 때 결핵으로 사망하고 포는 버지니아주 리치몬드의 존 앨런(John Allan)과 프랜시스 앨런(Francis Allan) 부부에게 입양되었다.

양아버지인 존은 성공한 담배 상인이었는데, 포는 양어머니인 프랜시스와는 잘 지냈으나 존과는 사이가 좋지 않았다. 포는 13세에 이미 다작의 시인이었지만 양아버지는 그가 자신의 가업을 이어나가길 원했다. 포와 양아버지 사이에는 돈 문제도 있었다. 포는 1826년에 버지니아 대학교에 입학해 공부에 두각을 나타냈으나 양아버지는 충분히 재정적 지원을 하지 않았다. 경제적인 어려움을 포는 도박으로 해결하려고 했지만 오히려 빚만 지고 도박 중독에 빠졌다. 포는 대학을 자퇴하고 리치몬드로 돌아왔지만 여기서 또 다른 개인적 좌절을 겪는다. 약혼자 새러 엘마이라 로이스터(Sarah Elmira Royster)가 이미 다른 사람과 약혼한 것이었다. 상심하고 좌절한 포는 보스턴으로 이사했다.

1827년 포의 첫 번째 시집인 『타메를란Tamerlane and Other Poems』이 출판되었다. 이 무렵 포는 미군에 입대했고 2년간 복무했다. 제대 후, 그가 리치몬드로 돌아왔을 때 양어머니인 프랜시스는 이미 결핵으로 사망한 후였다. 포는 양아버지 존과 잠시 화해했고, 존은 포가 웨스트포인트 사관학교에 입학할 수 있도록 도와주었다. 그러나 포는 웨스트포인트 사관학교에서 1년 만에 제적되었다. 결국 양아버지는 포와 관계를 끊고 유언장에서 그를 제외했다.

웨스트포인트 사관학교를 떠난 이후 포는 글쓰기에 전념했다. 그는 기회를 찾아 뉴욕시, 볼티모어, 필라델피아, 리치몬드 등으로 계속 이사했다. 단편소설가이자 시인으로 활동하면서 1835년 리치몬드의 ≪남부문학 메신저Southern Literary Messenger≫에서 편집자로 근무했다. 포는 동시대 작가, 특히 롱펠로우(Henry Wadsworth Longfellow)에 대해 신랄한 평론을 쓰면서 비평가로서 명성을 쌓아갔다. 그러나 포의 공격적인 평론 스타일과 음주 문제로 인해 잡지사와 관계가 악화되었고, 마침내 그는 1837년 잡지사를 떠났다. 포는 시인으로서뿐 아니라 「어서 가의 몰락The Fall of the House of Usher」 등 단편소설로 큰 성공을 거두었으며, 1841년 「모르그 가의 살인The Murders in the Rue Morgue」으로 탐정소설이라는 새로운 장르를 열어 "탐정소설의 아버지"라는 별명을 얻었다. 작가로서의 성공과 인기에도 불구하고 포는 계속 재정적으로 어려움을 겪었다. 1835년 당시 26세의 포는 13세의 사촌 버지니아 클렘(Virginia Clemm)과 결혼 자격을 얻고 1836년 결혼식을 올린 후 그녀가 사망할 때까지 11년간 결혼 생활을 유지했다. 버지니아는 1842년부터 결핵 증세를 보이고 증세가 점점 심해졌으며 포는 이 스트레스로 더욱 알코올 중독에 빠졌다.

1844년 포는 뉴욕으로 이사했고, 그곳에서 ≪뉴욕 선*The New York Sun*≫ 등 잡지에 기사를 게재하는 동시에 시와 단편소설을 계속 썼다. 포가 문학적으로 큰 성공을 거둔 것은 1845년 출간된『까마귀*The Raven and Other Poems*』였다. 버지니아는 1847년 사망했고 포는 아내의 죽음 이후 점점 더 불안정해졌다. 그는 1848년 시인 새러 헬렌 휘트먼(Sarah Helen Whitman)과 약혼했으나 깨졌는데, 포의 알코올 중독 때문인 것으로 알려져 있다.

1849년 그는 다시 리치몬드로 돌아와 당시 미망인이던 전 약혼녀 새러 엘마이라 로이스터와 행복한 여름을 보냈고, 옛 친구들과 다시 어울리면서 비교적 안정된 삶을 찾아가고 있었다. 그러나 포는 9월 27일 리치몬드를 떠나 필라델피아로 가던 중 볼티모어의 거리에서 정신이 혼미하고 말을 못 하는 상태로 발견되었다. 워싱턴 칼리지 병원으로 이송됐으나 4일 만인 10월 7일 40세의 나이로 사망했다. 그의 죽음은 음주, 심부전 또는 다른 원인 때문인지 확실히 밝혀지지 않았다. 그는 볼티모어의 웨스트민스터 장로교 교회 묘지에 묻혔다.

포가 활동하던 시기인 1830~1860년대 미국 문학은 유럽 문학의 영향을 벗어나 독자적인 미국의 문학적 위상을 확립하려고 시도했고, 이 시기를 '아메리칸 르네상스'라고 한다. 이 용어는 학자 F. O. 마티에센(Matthiessen)이 1941년 그의 저서『아메리칸 르네상스: 에머슨과 휘트먼 시대의 예술과 표현*American Renaissance: Art and Expression in the Age of Emerson and Whitman*』에서 처음 사용했다. 마티에센은 아메리칸 르네상스 문학을 "민주주의를 위한 문학"으로 제시하고 미국이 이를 되찾아야 한다고 주장했다. 아메리칸 르네상스의 대표적인 작가로는 나다니엘 호손(Nathaniel Hawthorne), 허먼 멜빌(Herman Melville), 월트 휘트먼(Walter Whitman), 랠프 월도 에머슨(Ralph Waldo Emerson), 헨리 데이비드 소로(Henry David Thoreau)가 있었고 이들은 민주주의, 개인주의, 미국적

경험을 탐구하여 독자적인 미국 문학의 목소리를 확립하려고 했다.

아메리칸 르네상스의 낙관적이고 도덕적인 주제와는 다르지만, 인간 경험의 어두운 측면을 복합적으로 탐색한 포의 독특한 목소리는 19세기 중반 미국 문학을 풍부하게 만드는 데 크게 기여했다. 당대 프랑스 시인이자 포를 번역해 프랑스에 소개하기도 했던 보들레르는 포를 "이 시대의 가장 뛰어난 작가"라고 했으며 그의 시에 대해 "수정처럼 순수하고 정확하며 눈부시다"라고 했다.

2. 상징계와 실재의 보르헤스 매듭

포의 시의 가장 독특한 요소를 꼽는다면 환상이다. 포는 미스터리, 공포, 환상적 요소를 적극 활용해 독자를 미지의 세계로 끌어들인다. 이러한 환상을 기존의 비평에서는 현실과 대립된 환상이라는 틀로 이해하려고 한다. 그러나 환상과 현실이라는 이원적 구조로는 포의 환상이 주는 현실감을 모두 설명해 낼 수 없다. 포의 환상은 오히려 프랑스 정신분석학자인 라캉(Jacques Lacan)이 말하는 실재(the Real)에 가깝다. 라캉은 인간의 정신에는 세 개의 영역(register)이 있다고 본다. 첫째 거울상과 자아를 동일시하는 자아 형성의 초기 단계인 상상계, 둘째 언어, 문화, 사회질서의 영역인 상징계, 그리고 실재가 있다. 실재는 언어 밖에 존재하며 종종 외상, 상징화되지 않는 것과 연관되어 있다. 아이의 성장에 따라 인간 정신은 상상계에서 상징계로 옮아가지만 실제로 상징계로 모든 것이 포괄되지 않는다. 상상계는 여전히 상징계에 남아 있으며 상징계 안에 포괄될 수 없는 실재도 존재한다. 라캉에 따르면 인간 정신의 현실은 오히려 상상계, 상징계, 실재가 보르헤스 매듭처럼 얽혀 있다고 한다. 포의 시는 단순히 현실과 동떨어진 환상을 묘사한 것이 아니고 라캉이 말하는 실재와 상징계가 얽힌 "수정처럼 정확한" 현실을 그려

낸다.

「유령의 궁전」은 기존 비평에서 환상과 현실의 대조를 다룬 시로 보았지만, 라캉적 시각에서 본다면 상징계와 그 상징계에 틈입한 실재를 드러낸 시로 볼 수 있다.

> 옛날 옛적 아주 녹음 짙은 계곡에
> 착한 천사들이 살고 있었네.
> 거기에 아름답고 장엄한 궁전,
> 찬란한 궁전이 ― 서 있었네.
> 사유 왕이 지배하는 궁전이
> 거기 있었네!
> 날개 달린 천사가 사는 궁전도
> 이 궁전의 반만큼도 아름답지 않았네!
> ...
> 이 행복한 계곡을 헤매던 사람들은,
> 환하게 불 켜진 두 창문에서 요정들,
> 왕으로 태어난
> 그가 앉은 왕좌 주위를
> 전통적인 류트 음악에 맞추어,
> 움직이는 요정들을 보았네!
> 영광스러운 지위에 어울리는
> 그 지방 왕을 보았다네.
>
> ―「유령의 궁전」 중에서

이 궁전의 질서는 "행복한 계곡"이라는 표현처럼 마치 자아와 거울상이 동일시되는 자아의 초기 형성기인 상상계에 있는 것처럼 보인다. 그러나 좀 더 자세히 살펴보면 상징적 질서가 숨 막히도록 촘촘하게 장악하고 있는 세계다. "왕으로 태어난" "사유 왕"의 법은 확고할 뿐 아니라 완벽하게 이곳을 지배하고 있다. 이 질서는 "전통적인 류트 음악에 맞추어/ 움직이는 요정들"에서 알 수 있듯이 전통적 질서는 전혀 의심받지 않은 채 전수되고 있다.

이처럼 상징계는 일견 완벽해 보이지만 공백과 결여가 있으며 이 사이로 실재가 틈입한다.

> 이제, 그 계곡에 들어선 여행자는
> 붉은 불빛이 새어 나오는 창문에서
> 거대한 형체들이 불협화음의 곡조에 맞추어
> 기괴하게 움직이는 모습을 보네.
> 창백한 문을 통해
> 무서운 강의 급류처럼
> 흉측한 무리가 영원히 쏟아져 나오네
> 그들은 웃지만 ― 더 이상 미소 짓지 않네.

"전통적인 류트 음악"은 "불협화음"의 도전을 받고 요정들이 아니라 "기괴하게 움직이는" "거대한 형체들"이 궁전을 메우고 있다. 요정 대신 이곳을 점령한 "흉측한 무리"는 왕, 즉 아버지의 법이 지배하는 상징적인 질서에 포괄될 수 없는 존재로, 그들의 광폭한 힘은 "무서운 강의 급류"에 비유되고 있다. 이처럼 상징계가 담을 수 없는 혼란과 불협화음과 광폭한 힘을 보이며 실재는 늘 상징계에 틈입한다.

기존의 비평에서 「꿈나라」는 꿈과 현실의 경계를 탐험하는 시, 환상적 탐험과 현실 세계의 대조를 통해서 독자를 초월적 여정으로 안내하는 시로 읽힌다. 하지만 이 시는 실재의 틈입을 보여주는 데서 더 나아가 보르헤스 매듭처럼 얽혀 있는 상징계와 실재를 보여준다.

여행자는 "어두운 안경을 통해서만" 세계를 파악하고 그 외의 것은 배제하고 억압한다. 그가 안경으로 보는 세계가 바로 상징계다. 그 세계는 "이 나라 왕"이 만든 아버지의 법이 지배하는 사회적 질서로 일견 완벽해 보이지만, 근본적으로 결여와 공백을 지니고 있다. "눈을 뜨지 말라고 명령한" 법을 이탈해 "똑바로" 볼 때 비로소 상징계와 실재가 보르헤스 매듭처럼 얽혀 있는 현실이 보이는 것이다.

실재의 틈입은 이러한 상징계의 작동을 방해하고 아버지의 법에 완전히 통합될 수 없는 무언가가 존재함을 보여준다. 신비롭고 혼돈된 자연은 심리적 풍경으로 실재의 틈입을 생생하게 드러낸다.

> 바닥이 보이지 않는 계곡과 끝없이 넘치는 물,
> 바위틈과 동굴과 거대한 숲,
> 사방에서 흘러내리는 이슬 때문에
> 도저히 알 길 없는 형체들로 차 있었다.
> 해안 없는 바다로 끊임없이
> 산들이 무너져 내렸다.
> 바다는 갈망에 차 쉴 새 없이
> 하늘로 솟구쳤다.
>   …
> 하지만 이곳의 여행자는
> 똑바로 보지 못할 것이다 — 볼 용기가 없을 것이다.
> 이곳의 신비는 결코
> 나약한 인간의 눈에 드러나지 않으리라.
> 눈을 뜨지 말라고 명령한
> 이 나라 왕도 드러나지 않으리라.

그래서 이곳을 지나는 슬픈 영혼은
어두운 안경을 통해서만 볼 뿐.
—「꿈나라」

"바닥이 보이지 않는 계곡"이나 "도저히 알 길 없는 형체들" 무너져 내리는 산과 하늘로 솟구치는 바다는 언어나 법으로 명확하게 규정될 수 없는 심리적 풍경으로 상징적 질서 안에 완전히 포괄될 수 없는 무언가가 있음을, 즉 상징계의 결여를 보여준다.

「꿈나라」는 실재의 틈입을 재현하는 데서 끝나지 않고 "숨겨진 과거의 기억"이라는 실재와의 조우를 드러낸다.

여행자는 숨겨진
과거의 기억을 만나, 경악한다.
갑자기 수의 걸친 형체들이 나타나
한숨을 쉬며 여행자 옆을 지나간다 —
흰 수의를 걸친 친구들이
지상에 — 하늘에 — 고통을 호소한다.

트라우마는 실재가 상징계를 강제로 뚫고 나오는 순간에 발생한다. 트라우마는 표현할 수 없으며 동시에 감당할 수 없는 실재와의 조우다. 그가 배제했던 과거, 다시 말해 왕의 법에 의해 억압했던 과거인 '친구들의 기억'이 트라우마다. 이 기억의 구체적인 내용은 알 수 없지만, 그것은 왕의 법이 아무리 억압해도 반복적으로 귀환한다. 「꿈나라」는 실재의 틈입을 보여주는 데 그치는 것이 아니라, 실재와의 트라우마적 조우로 생겨나는 상징계와 실재의 보르헤스 매듭을 드러낸다.

3. 죽음 충동과 주이상스

포의 시에서 죽음은 중요한 주제고 특히 사랑하는 이의 죽음은 반복적으로 등장한다. 죽음과 사랑의 주제를 담은 이런 시들에 대해 살아 있는 자와 죽은 자 사이의 경계가 흐릿해지고 사랑이 무덤 너머로 이어져 불멸의 사랑을 보여준다는 해석이 있을 수 있다. 그러나 일련의 이런 시들을 영원한 사랑의 탐색으로만 파악한다면 포의 시가 갖는 독특한 힘이 충분히 드러나지 않는다. 죽음을 단순히 불멸의 사랑의 배경이나 촉발로 보는 기존의 이해를 넘어설 수 있는 방법은 시적화자의 죽음 충동에 초점을 맞추어 분석하는 것이다. 프로이트에게 죽음 충동은 삶의 충동과 대립되는 파괴적인 것으로 무생물을 지향한다. 하지만 라캉에게는 모든 충동에 죽음 충동적인 면이 있고, 죽음 충동은 궁극적으로 쾌락의 원칙을 넘어선 주이상스(jouissance)*를 향유하려는 힘이다.

「까마귀」에서 까마귀는 죽음의 상징이나 르노어의 죽음을 상기시키는 장치가 아니다. "풀루톤"의 왕국에서 온 까마귀의 가장 큰 역할은 화자에게 죽음 충동을 촉발시키는 것이다. 그 죽음 충동의 목표는 죽은 연인과의 결합이다.

> 두려움과 의심에 차, 감히 누구도 꾸지 못한 꿈을 꾸었다.
> 하지만 여전히 조용했고, 아무 낌새도 없이 고요할 뿐이었고
> "르노어?"라는 내 속삭임만 들릴 뿐이었다.

화자가 말하는 "감히 누구도 꾸지 못한 꿈"은 쾌락의 한계를 넘어서는

---

* 쾌락과 구분하기 위해 프랑스어 주이상스를 그대로 썼다.

주이상스다. 하지만 "내 심장에서 네 부리를 빼내고 내 몸 밖으로 사라져라!"에서 보이듯이 화자는 죽음 충동을 포기한다. 결국 이 시는 까마귀의 그림자, 죽음의 그림자로 끝난다.

> 그 새의 눈은 꿈꾸는 악마의 눈과 아주 흡사하고,
> 램프 불빛을 받아 넘실대는 그의 그림자가 마루 위에 드리워져 있다.
> 내 영혼은 바닥에 어른대는 저 그림자로부터
> 벗어나지 못하리라. "— 네버모어!"
> —「까마귀」중에서

포는 「애너벨 리」에서 좀 더 적극적으로 사랑의 대상을 회복하는 죽음 충동을 그려내고 있다.

> 나는 아름다운 애너벨 리의 꿈을 꾸고
> 별이 뜰 때마다
> 아름다운 애너벨 리의 빛나는 눈을 느끼네.
> 나는 밤새 파도치는 바닷가 내 사랑 곁에 나란히 누워 있네.
> 내 사랑 — 내 생명 신부 곁에 —
> 여기 바닷가 그녀 무덤 안에 —
> 파도 소리 울려 퍼지는 그녀의 무덤 안에.
> —「애너벨 리」중에서

그는 물리적으로 "내 사랑 — 내 생명 신부 곁에 —" 있을 뿐 아니라 원초적 사랑의 대상을 회복하고자 한다. 라캉에 따르면 주이상스의 핵심에는 아버지의 법이 금지하는 충동, 즉 어머니인 '그것(The Thing)'에 대한 충동이 있다. 그는 "그녀의 무덤 안에" 그녀와 나란히 누워 "애너벨 리의 꿈" "애너벨 리의 빛나는 눈"이라는 숭고한 미학적 대상을 불러낸다. 그러나 그의 죽음 충동은 꿈과 그녀의 눈의 기억을 회복시키는 데 그치고 죽음 충동의 최종 목표인 주이상스에 이르지 못한다.

넘쳐흐르는 주이상스의 생생한 재현은 마침내 「애니에게 바치는 시」에서 완성된다.

> 이제 내 영혼은 아주 조용히
>   누워 주위에서
> 더 신성한 향기,
>   팬지 향기를 ―
> 팬지가 섞인 로즈마리 향기를 ―
>   루와 아름다운 청교도적
> 팬지가 섞인
>   로즈마리 향기를 상상한다
>
> 이렇게 내 영혼은
>   행복하게 여러 가지 향기를 맡으며 누워
> 아름답고 진실된
>   내 애니를 꿈꾸고 또 꿈꾼다.
> 애니의 머리 단 속에
>   파묻힌 채.
> ―「애니에게 바치는 시」 중에서

이 시에서 죽음 충동은 쾌락 원칙 너머의 주이상스에 이른다. "쾌락의 원리는 낮은 긴장의 원리, 즉 삶이 존재하기 위해 유지되어야 하는 최소

한의 긴장의 원리"지만 주이상스는 쾌락의 한계를 넘어선 강렬한 것이다. 주이상스는 사회적 규범을 넘어선 것이며 언어 너머에 있다. 언어를 넘어선 주이상스는 향기, "팬지"와 "루"와 "로즈마리"의 향기로 표현되며 쾌락처럼 통제되거나 조절되는 것이 아니라 흘러넘친다. "꿈꾸고 또 꿈꾼다"에서 강조되는 것은 꿈이 아니라 반복이 보여주는 주이상스의 강력한 힘이다. "애니의 머리 단 속에 파묻힌" 이미지는 흘러넘치는 주이상스의 객관적 상관물""이라고 할 수 있다.

• Lacan, J. *L'envers de la psychanalyse* (1969~1970), Paris: Seuil, 1991, p.51; Bruno Vincent, "Jouissance and death drive in Lacan's teaching", *Ágora: Estudos em Teoria Psicanalítica, vol. XXIII* (2020), pp.49~56에서 재인용.
•• T. S. 엘리엇이 평론에 사용한 단어로, 특별한 정서를 나타낼 수 있는 사물의 한 장면, 상황, 사건의 연쇄를 뜻한다.

작가 연보

1809년   1월 19일 매사추세츠주 보스턴 출생.

1810년   아버지가 가족을 버리고 떠나고 어머니가 사망하자 고아가 됨.

1811년   버지니아주 리치몬드의 존과 프랜시스 앨런 부부에게 입양됨.

1826년   버지니아 대학에 입학했지만 도박 중독으로 존 앨런과의 관계 악화.

1827년   '에드거 A. 페리'라는 이름으로 미국 군대에 입대해 2년간 복무.
첫 번째 시집 『타메를란』 출간.

1829년   웨스트포인트 사관학교에 입학했지만 제적됨.

1835년   사촌인 버지니아 클렘(당시 13세)과 결혼 자격을 얻고,
다음 해에 결혼함.

1836년   리치몬드의 ≪남부 문학 메신저≫를 포함한 여러 문학잡지의
편집자로 일함.

1839년   대표적인 단편소설 「어셔 가의 몰락」 발표.

1841년   최초의 탐정소설인 「모르그 가의 살인」 발표.

1843년   시 「애너벨 리」와 단편소설 「고자질하는 심장」과 「황금충」 발표.

1845년   『까마귀』를 출간해 시인으로서 명성을 얻음.

1847년   아내 버지니아가 결핵으로 사망.

1849년   시 「엘도라도」와 「애너벨 리」(최종판) 발표.
볼티모어의 거리에서 위중한 상태로 발견되어 10월 7일 사망.

지은이 에드거 앨런 포

에드거 앨런 포(Edgar Allan Poe)는 보스턴에서 1809년 1월 19일 태어났다. 아버지는 포가 태어난 지 얼마 안 되어 가족을 버리고 떠났다. 포의 어머니는 그가 겨우 2살일 때 결핵으로 사망하고 포는 버지니아주 리치몬드의 존 앨런과 프랜시스 앨런 부부에게 입양되었다.

포는 버지니아 대학에 입학했으나 재정적인 문제와 도박 중독 등으로 자퇴하고, 웨스트포인트 사관학교에서도 1년 만에 제적된다. 웨스트포인트 사관학교를 떠난 이후 포는 글쓰기에 전념하게 된다. 그는 단편소설가이자 시인으로 활동하면서 리치몬드의 ≪남부 문학 메신저≫에서 편집자로 근무했으며, ≪뉴욕 선≫ 등 잡지에 기고했다.

그의 작품으로는 첫 번째 시집인『타메를란』과 그에게 명성을 가져다준『까마귀』가 있다. 포는 시인으로서뿐 아니라「어서 가의 몰락」등 단편소설로 큰 성공을 거두었으며, 1841년「모르그 가의 살인」으로 탐정소설이라는 새로운 장르를 열어 "탐정소설의 아버지"라는 별명을 얻었다. 포의 시의 가장 독특한 요소를 꼽는다면 환상이다. 포는 미스터리, 공포, 환상적 요소를 적극 활용해 독자를 미지의 세계로 끌어들인다.

1836년부터 11년간 결혼 생활을 함께한 버지니아 클렘이 1847년 사망하자 포는 점점 더 불안정해졌으나, 1849년 다시 리치몬드로 돌아와 안정된 삶을 찾아갔다. 그러나 9월 27일 리치몬드를 떠나 필라델피아로 가던 중 볼티모어의 거리에서 정신이 혼미한 상태로 발견되었고 10월 7일 40세의 나이로 사망했다. 그는 볼티모어의 웨스트민스터 장로교 교회 묘지에 묻혔다.

옮긴이 조애리

서울대학교 영문학과를 졸업하고 같은 학교 대학원에서 석사 및 박사 학위를 받았다. 카이스트(KAIST) 인문사회과학부 교수로 재직했다. 지은 책으로『성·역사·소설』,『역사 속의 영미 소설』,『19세기 영미 소설과 젠더』,『되기와 향유의 문학』이 있으며, 옮긴 책으로는『에밀리 디킨슨 시선집』, 헨리 데이비드 소로의『달빛 속을 걷다』와『시민 불복종』, 샬럿 브론테의『제인 에어』와『빌레뜨』, 제인 오스틴의『설득』등 다수가 있다.

한울세계시인선 06

너무 빛나서 지속될 수 없는 꿈
에드거 앨런 포 시선집

지은이 ▏에드거 앨런 포
옮긴이 ▏조애리
펴낸이 ▏김종수
펴낸곳 ▏한울엠플러스(주)
편집책임 ▏조수임
편집 ▏정은선

초판 1쇄 인쇄 ▏2024년 6월 5일
초판 1쇄 발행 ▏2024년 6월 25일

주소 ▏10881 경기도 파주시 광인사길 153 한울시소빌딩 3층
전화 ▏031-955-0655
팩스 ▏031-955-0656
홈페이지 ▏www.hanulmplus.kr
등록번호 ▏제406-2015-000143호

Printed in Korea.
ISBN 978-89-460-8317-2 03840